国际大奖小说

爱上读书的妖怪
책읽는도깨비

[韩] 李相培 / 著
[韩] 白明植 / 绘
田志云 / 译

新蕾出版社

图书在版编目 (CIP) 数据

爱上读书的妖怪/(韩)李相培著;(韩)白明植绘;田志云译.—天津:新蕾出版社,2012.1(2025.6重印)
(国际大奖小说)
ISBN 978-7-5307-5229-6

Ⅰ.①爱…
Ⅱ.①李…②白…③田…
Ⅲ.①儿童文学-中篇小说-韩国-现代
Ⅳ.①I313.684

中国版本图书馆 CIP 数据核字(2011)第 187424 号
Text Copyright © Sang-Bae Lee
Illustrations Copyright © Myoung-Sig Pack
Simplified Chinese Copyright © New Buds Publishing House (Tianjin) Limited Company 2012
New Buds Publishing House (Tianjin) Limited Company published this book by transferring the copyright of Korean version under license from CheoEum Junior Publishing in Korea
through YYG Rights Agency, Beijing.
All rights reserved.
This edition is available for sales in Mainland China Only.
津图登字:02-2011-91

出版发行:新蕾出版社
http://www.newbuds.com.cn

地　　址	天津市和平区西康路 35 号(300051)
出 版 人	马玉秀
电　　话	总编办(022)23332422 发行部(022)23332351　23332677
传　　真	(022)23332422
经　　销	全国新华书店
印　　刷	天津新华印务有限公司
开　　本	880mm×1230mm　1/32
字　　数	55 千字
印　　张	4
版　　次	2012 年 1 月第 1 版　2025 年 6 月第 55 次印刷
定　　价	25.00 元

著作权所有,请勿擅用本书制作各类出版物,违者必究。
如发现印、装质量问题,影响阅读,请与本社发行部联系调换。
地址:天津市和平区西康路 35 号
电话:(022)23332351　邮编:300051

前言

一辈子的书

梅子涵

亲近文学

一个希望优秀的人,是应该亲近文学的。亲近文学的方式当然就是阅读。阅读那些经典和杰作,在故事和语言间得到和世俗不一样的气息,优雅的心情和感觉在这同时也就滋生出来;还有很多的智慧和见解,是你在受教育的课堂上和别的书里难以如此生动和有趣地看见的。慢慢地,慢慢地,这阅读就使你有了格调,有了不平庸的眼睛。其实谁不知道,十有八九你是不可能成为一个文学家的,而是当了电脑工程师、建筑设计师……可是亲近文学怎么就是为了要成为文学家,成为一个写小说的人呢?文学是抚摸所有人的灵魂的,如果真有一种叫作"灵魂"的东西的话。文学是这样的一盏灯,只要你亲近过它,那么不管你是在怎样的境遇里,每天从事

怎样的职业和怎样地操持,是设计房子还是打制家具,它都会无声无息地照亮你,使你可能为一个城市、一个家庭的房间又添置了经典,添置了可以供世代的人去欣赏和享受的美,而不是才过了几年,人们已经在说,哎哟,好难看哟!

谁会不想要这样的一盏灯呢?

阅读优秀

文学是很丰富的,各种各样。但是它又的确分成优秀和平庸。我们哪怕可以活上三百岁,有很充裕的时间,还是有理由只阅读优秀的,而拒绝平庸的。所以一代一代年长的人总是劝说年轻的人:"阅读经典!"这是他们的前人告诉他们的,他们也有了深切的体会,所以再来告诉他们的后代。

这是人类的生命关怀。

美国诗人惠特曼有一首诗:《有一个孩子向前走去》。诗里说:

> 有一个孩子每天向前走去,
> 他看见最初的东西,他就变成那东西,
> 那东西就变成了他的一部分……

如果是早开的紫丁香,那么它会变成这个孩子的一

部分；如果是杂乱的野草，那么它也会变成这个孩子的一部分。

我们都想看见一个孩子一步步地走进经典里去，走进优秀。

优秀和经典的书，不是只有那些很久年代以前的才是，只是安徒生，只是托尔斯泰，只是鲁迅；当代也有不少。只不过是我们不知道，所以没有告诉你；你的父母不知道，所以没有告诉你；你的老师可能也不知道，所以也没有告诉你。我们都已经看见了这种"不知道"所造成的阅读的稀少了。我们很焦急，所以我们总是非常热心地对你们说，它们在哪里，是什么书名，在哪儿可以买到。我就好想为你们开一张大书单，可以供你们去寻找、得到。像英国作家斯蒂文生写的那个李利一样，每天快要天黑的时候，他就拿着提灯和梯子走过来，在每一家的门口，把街灯点亮。我们也想当一个点灯的人，让你们在光亮中可以看见，看见那一本本被奇特地写出来的书，夜晚梦见里面的故事，白天的时候也必然想起和流连。一个孩子一天天地向前走去，长大了，很有知识，很有技能，还善良和有诗意，语言斯文……

同样是长大，那会多么不一样！

国际大奖小说

自己的书

优秀的文学书,也有不同。有很多是写给成年人的,也有专门写给孩子和青少年的。专门为孩子和青少年写文学书,不是从古就有的,而是历史不长。可是已经写出来的足以称得上琳琅和灿烂了。它可以算作是这二三百年来我们的文学里最值得炫耀的事情之一,几乎任何一本统计世纪文学成就的大书里都不会忘记写上这一笔,而且写上一个个具体的灿烂书名。

它们是我们自己的书。合乎年纪,合乎趣味,快活地笑或是严肃地思考,都是立在敬重我们生命的角度,不假冒天真,也不故意深刻。

它们是长大的人一生忘记不了的书,长大以后,他们才知道,原来这样的书,这些书里的故事和美妙,在长大之后读的文学书里再难遇见,可是因为他们读过了,所以没有遗憾。他们会这样劝说:"读一读吧,要不会遗憾的。"

我们不要像安徒生写的那棵小枞树,老急着长大,老以为自己已经长大,不理睬照射它的那么温暖的太阳光和充分的新鲜空气,连飞翔过去的小鸟,和早晨与晚间飘过去的红云也一点儿都不感兴趣,老想着我长大

了,我长大了。

"请你跟我们一道享受你的生活吧!"太阳光说。

"请你在自由中享受你新鲜的青春吧!"空气说。

"请你尽情地阅读属于你的年龄的文学书吧!"梅子涵说。

现在的这些"国际大奖小说"就是这样的书。

它们真是非常好,读完了,放进你自己的书架,你永远也不会抽离的。

很多年后,你当父亲、母亲了,你会对儿子、女儿说:"读一读它们,我的孩子!"

你还会当爷爷、奶奶、外公和外婆,你会对孙辈们说:"读一读它们吧,我都珍藏了一辈子了!"

一辈子的书。

책읽는도깨비

目录

爱上读书的妖怪

第一章　幻化成妖……………001

第二章　不速之客……………017

第三章　寻找新家……………032

第四章　抢占风水宝地………046

第五章　求助外援……………062

第六章　书的魔力……………085

出场人物：

柜子精
　　本书的主人公柜子精，是一个由破钱柜变成的妖怪。柜子精喜欢钱的味道，整天躺在钱上又吃又睡，他买了很多土地以后，成了富翁。但是有一天，他还是被迫带着钱离开了故乡。为了抢占一块"风水宝地"，他先是和一个学者打赌，后来机缘巧合之下拜见了世宗大王，并由此成了潜心好学的书虫。

扫帚精
　　一把扫帚在被用得破烂不堪后变成妖怪。他在听说了柜子精的丰功伟绩后，前去投奔。在找寻世宗大王的路上，三个妖怪一齐骑着扫帚驰骋在天空中。

笔记本精
　　由旧笔记本变成的妖怪。笔记本上记载了很久以前"圆咕噜和哲洙"的故事。他也是三个妖怪当中唯一一个识字的，后来他还教柜子精和扫帚精识字。

世宗大王
　　三个妖怪和学者打赌，由于他们都不知道答案，所以找到了"嗜书如命"的世宗大王。虽说世宗大王去世已经有很长时间了，但依旧在陵墓中读书。他告诉了妖怪们问题的答案，并给他们指明了未来的道路。

吝啬鬼老头儿

一个每天只知道攒钱的吝啬鬼，通过买地变成了富翁。由于钱柜丢失，老头儿气得快要撑不住了。

学者

为了得到"风水宝地"，学者和三个妖怪进行问答竞赛，虽然赢得了"风水宝地"，但是没钱盖自己理想中的房子。真的很好奇，他到底想建什么样的建筑物呢？

圆咕噜和哲洙

圆咕噜是一条狗，哲洙是一个小孩儿。他们每天都会到公园里散步。圆咕噜闻到了柳树洞里柜子精发出的潮湿味儿，每次都会对着洞狂吠一番。就因为这个原因，柜子精打算搬家了。

熙熙攘攘的书虫们

为了给世宗大王买书，三个妖怪去了书店，在那里他们看到了熙熙攘攘的书虫们。第一次见到这种场面的三个妖怪大为震惊。他们顺利地买到了世宗大王要的书，在双手接过书的那一瞬间，心中的喜悦油然而生。

第一章

幻化成妖

在一个波光粼粼的公园里,林荫道边有一棵"摇钱树"。摇钱树?其实它就是一棵柳树。这棵树的树干很粗,两个人都合抱不过来,据说它的树枝上长了很多钱。试想一下,一棵挂满钱的树吧。树身上长满了菜叶大小的纸钱,风吹时,哗哗作响。

但是,这棵浑身长满钱的树究竟是怎么回事呢?现在我们来讲一下这棵树的故事吧!

这棵柳树已经有一百多岁了。在淫雨霏霏的一天,

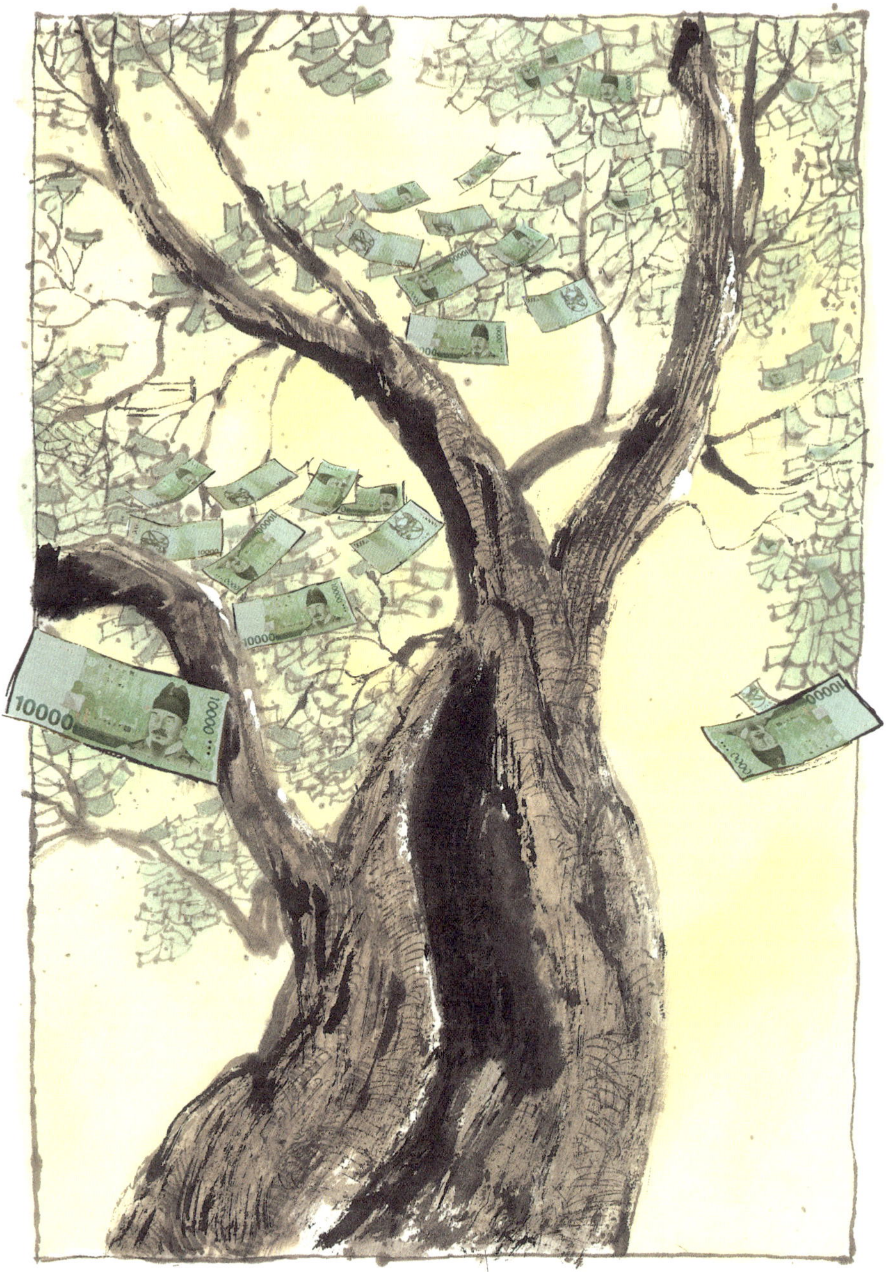
10000

책읽는도깨비

一阵震耳欲聋的雷鸣过后,这棵老柳树遭到了雷劈!唉,没办法,都活了这么大年纪了,什么事情都可能会遇到的。突然,树底裂开了一个很大很大的窟窿。

哇,风景真好啊!

就这样,这里成了大家都想来居住的"黄金地段"。最先是松鼠们成群结队地进去参观,接着是小家鼠们偷偷来这里探察,最后连黄鼠狼也悄悄过去一探究竟。但是大家看后却都说:"可惜了,地方虽好,但是我们不能在那里住啊。"为什么呢?那里人太多了!说得也是,每天到那里散步的人络绎不绝。

在一个月色皎洁的晚上,不知从何处来了一个脚步轻盈的男子,难道是踏着月光而来的客人?但细看才发现那人猫着腰,背着一个大袋子,一副鬼鬼祟祟的样子。他是个瘦高个儿,脸被凌乱的头发遮住了,眼睛、鼻子、嘴巴都看不清。这个家伙肯定是连夜行窃的小偷,头上

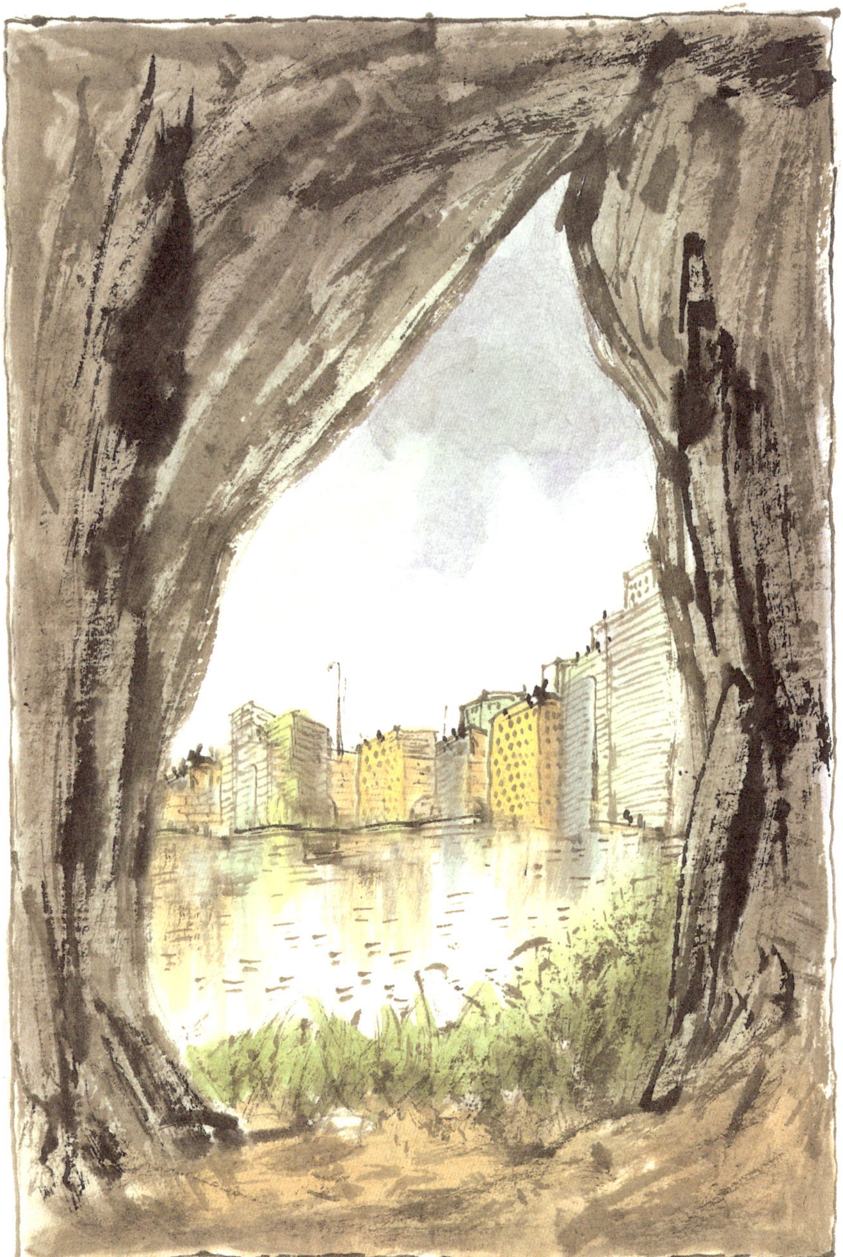

책읽는도깨비

还顶着一个破斗笠。

这个男子在湖边东张西望了一会儿,来到了柳树下。他不断地上下打量着这棵柳树,好像要跟柳树比比谁的个儿更高似的。然后,他又闻了闻周围,好像是闻到了什么气味。突然,他嘎嘎大笑起来。**我还从来没听到过这么奇怪的笑声。**躲到薄云后的月亮此时也探出了脑袋。在这短短的几分钟时间里,男子竟然消失得无影无踪了。

咦,就一眨眼的工夫,连个影子都看不到了?! 难道他飞到天上去了吗,还是钻到地里去了呢,或者是潜到湖底去了?

"哐"的一声,男子将肩膀上的布袋丢在了又黑又潮的地上。我正琢磨着他会去哪里呢,原来是躲到树下的窟窿里去了。"哇,吓死我啦!你是谁啊?"正在酣睡的柳树被男子吓了一大跳。"我?我是妖怪!"男子用阴毒的语

气回答道。本来模样就丑陋，再加上这可怕的声音，更是让人直冒冷汗。"什么？妖怪？！"柳树顿时睡意全无。"是啊，你就叫我柜子精吧。"这个男子就是柳条柜子精。

天哪，真是什么妖怪都有啊！

"我管你是什么妖怪，大晚上的来我家干什么？""我们还用分你家我家吗？我来这里住的话，这里自然就是我家啦！"**天哪！这么好的地方，怎么能让妖怪住呢？**

从此，柳树底下的窟窿就成了柜子精的家。但是柳条柜是什么，柜子精又是从哪里冒出来的呢？

柳条柜是用柳条做成的方形箱子，上面有盖子，表面用碎布盖着，盖子上挂着锁，但并不是所有柳条柜上都带着锁。

这个妖怪的主人是一个吝啬鬼老头儿，他给柳条柜加了一个很重的锁。他为什么这样做呢？因为这是个钱柜啊。这个吝啬鬼平时把柳条柜藏在很难找到的一个屋

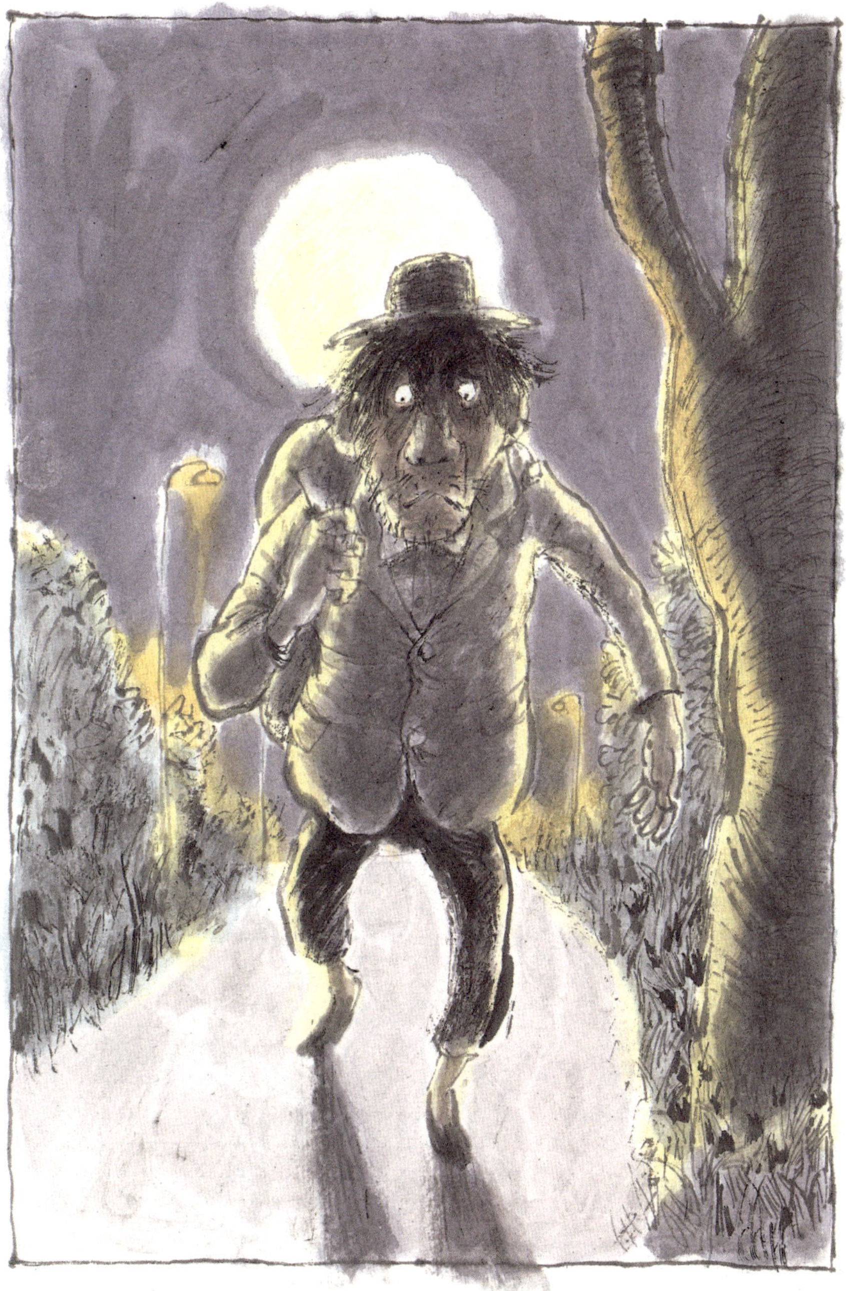

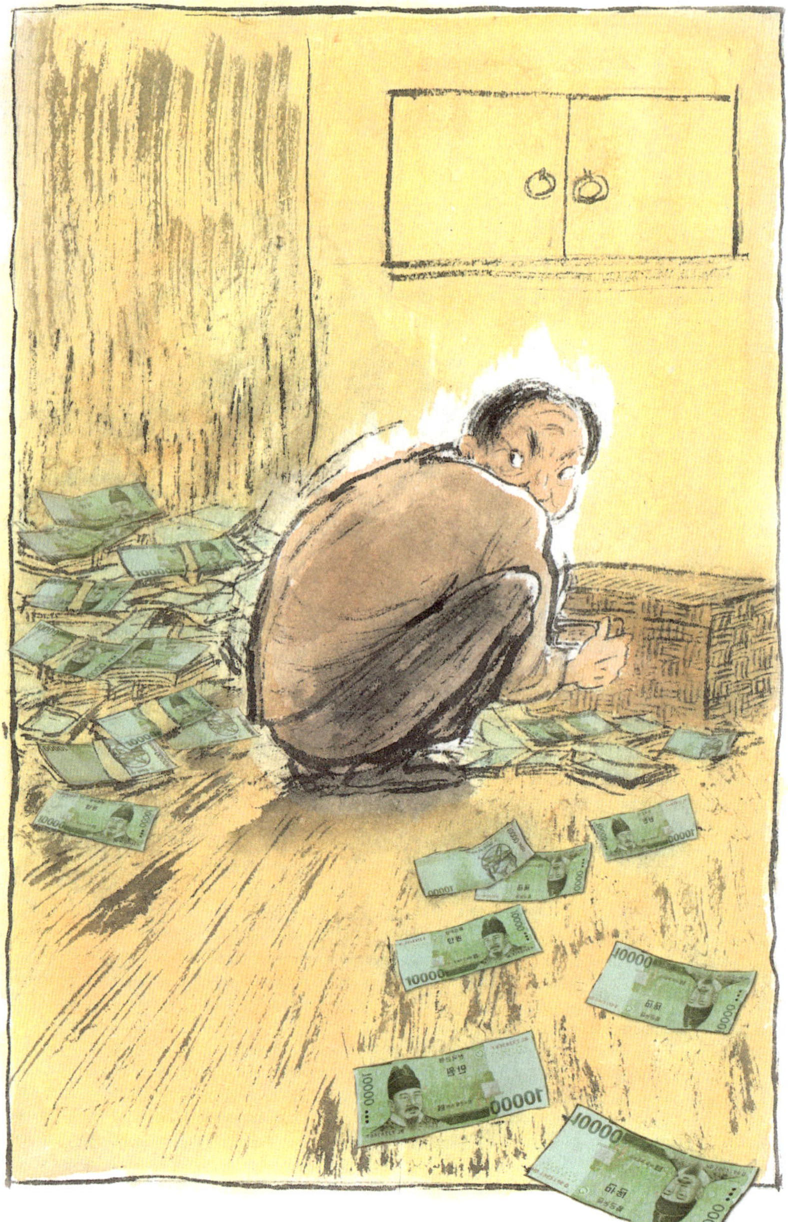

책읽는도깨비

里,一有钱就往那里塞。"不管怎样,钱是最重要的。"老头儿把钱锁进柜子后,环顾了一下四周,心想,"应该没被什么人看见吧?"

呵呵呵,看吝啬鬼老头儿那高兴的样儿!

钱堆得越来越多,渐渐地,柳条柜已经满得盖不上盖儿了。老头儿一天得打开柜子好几次,摸着大把的钱心里暗自高兴,"哈哈哈,光看这些钱我就饱了。"即使钱发霉了老头儿也不舍得花掉它们。

钱实在太多了,老头儿只好又添了几个柳条柜。毕竟钱流通起来才有意义啊……"用这些钱买好多土地都绰绰有余吧?哈哈哈哈……"于是,老头儿用一个柜子里的钱买了一些地,然后以高价卖出,就这样他赚了好多钱回来,钱柜子一下子又多了五个。老头儿成了远近闻名的大富翁。

009 爱上读书的妖怪

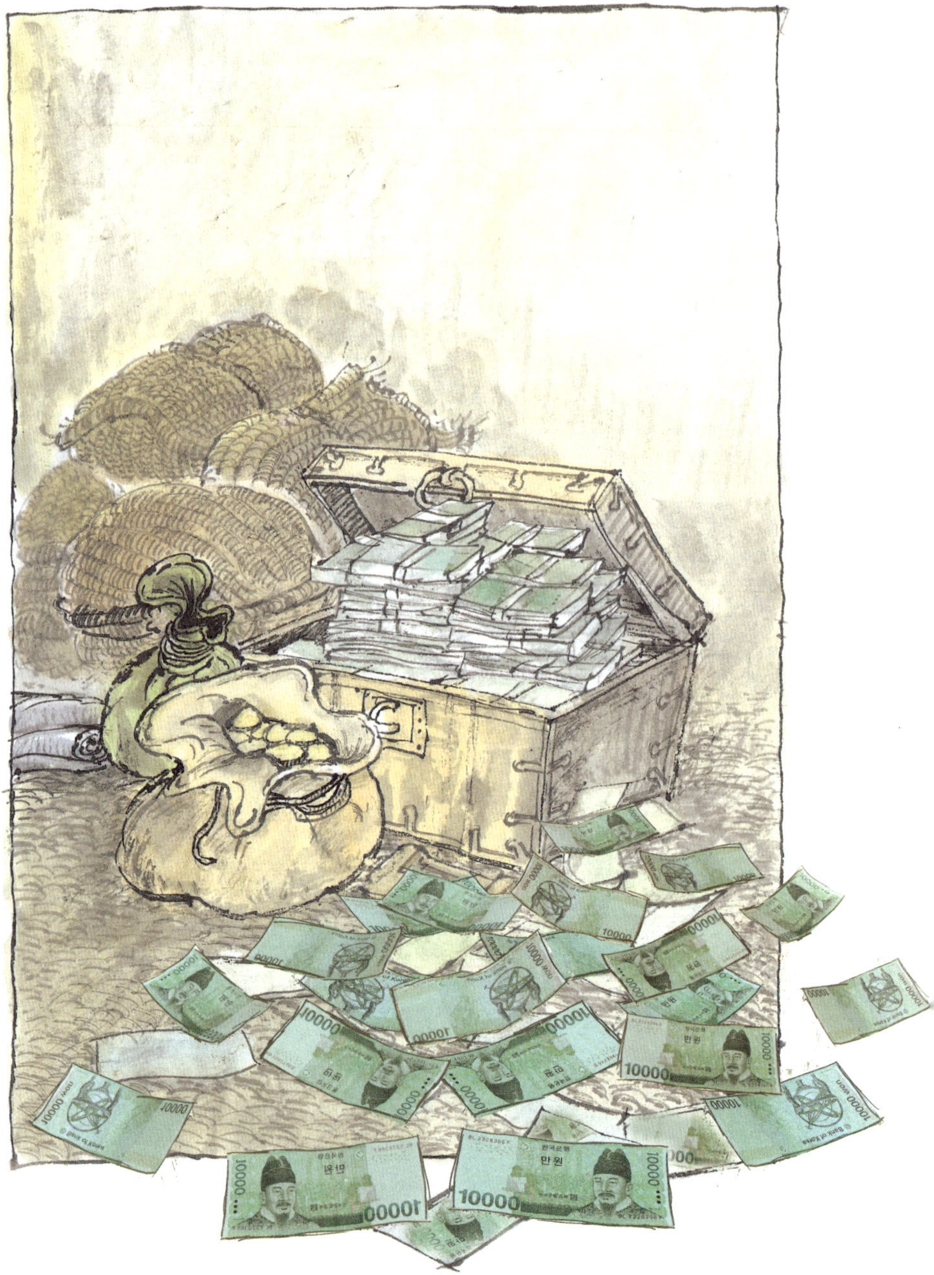
10000
만원

책읽는도깨비

在一个细雨绵绵的晚上,一个大脚贼偷偷溜进了老头儿的屋子里,可是钱柜子在哪儿他是怎么知道的呢? **吱吱……原来是一群老鼠。**天下没有不透风的墙,估计就是它们走漏了风声。小偷摸了个最大的柜子一溜烟就跑了,心想:"我现在是富翁了!"

小偷逃到山里后,把钱从柜子里掏出来放到了自己的布袋里。"呵呵呵,我现在也可以大把大把地花钱啦。"**这个笑声和当初吝啬鬼老头儿的笑声一模一样。**

小偷背起装满钱的口袋一溜烟跑掉了,只剩下可怜的柳条柜子孤零零地躺在荒山野岭。在很久很久以前,人们就一直用柳条柜子来存钱,然而现在这钱柜已成为无用之物,处境甚为凄惨。但是,果真是这样的吗?

如果一个物件被人用过十年、二十年之后它会变成什么样呢?无论这个物件是个多么不起眼的东西,如果和主人在一起时间长了,它也会变得有灵气,就像一个

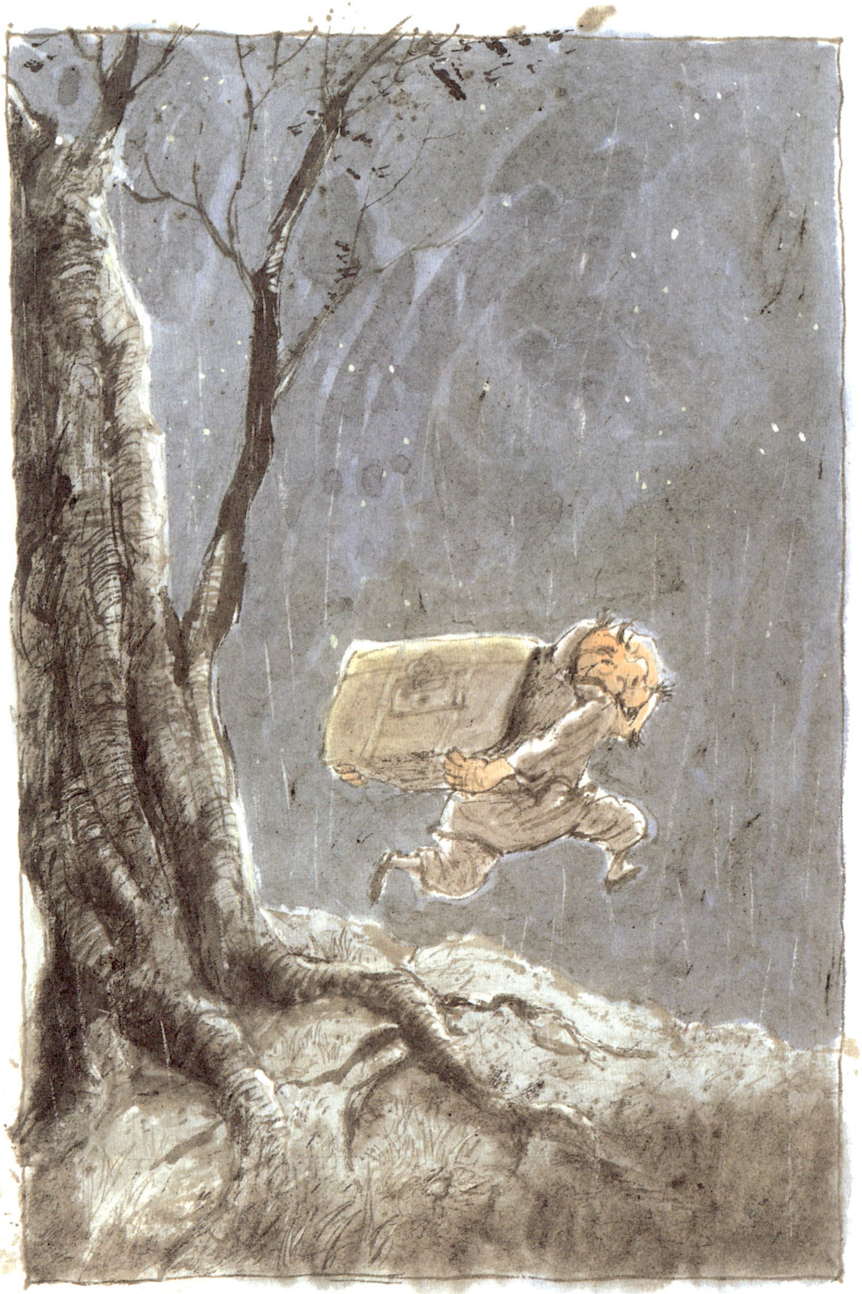

책읽는도깨비

破笤帚会变成笤帚精，磨损得不成样子的草席会变成草席精，除此以外还有烧火棍精、锄头精、桌子精、饭勺精、笔记本精等等……那么，柳条柜子是什么精呢？答案当然是柜子精啦。

那些被丢弃的东西变成精之后，就是所谓的"妖怪"了。"我是随着年龄的增长，自然而然地变成精的，所以是'自然精'。"柜子精其实并不可怕，我们来仔细看一下这个妖怪的模样吧——像晾衣杆似的修长身体、大大的眼睛和鼻子、红红的脸蛋儿，全身长满毛，大脑袋上扣着一个破斗笠。

这个模样嘛，倒有点儿像以前给地主家干活儿的那些力气很大、心肠又好的长工。但是还不止这些呢，柳条柜子精的嗓音如雷鸣般响亮，听了让人顿生畏惧。那诡异的笑声也不是谁都能模仿出来的。**"哈哈哈，附近肯定有个很阴湿的地方。"** 还有啊，瞧他那眼神儿。眼睛里射

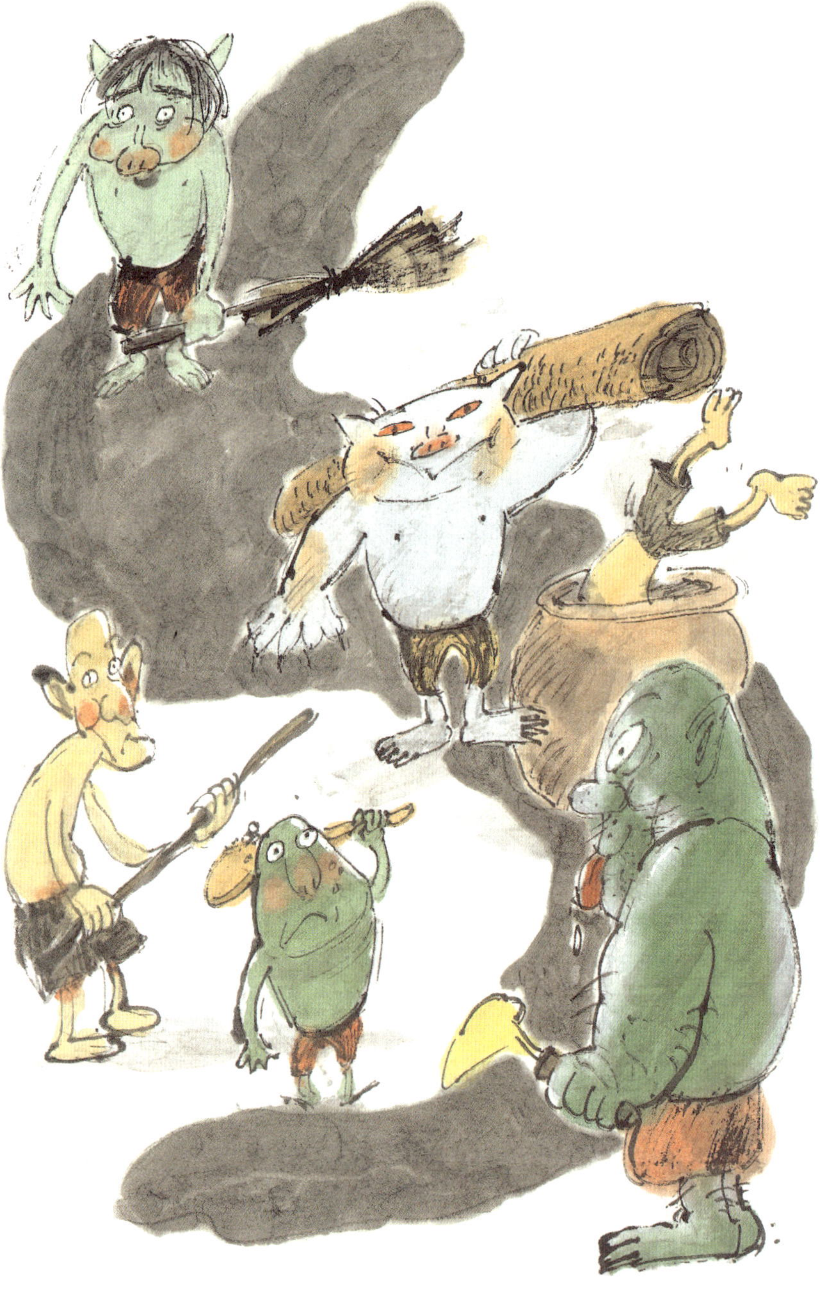

책읽는도깨비

出的蓝蓝的光,好像一直在向四周搜寻着什么。嗯,鬼火!

最神奇的还在后面呢。柜子精可以变化成影子鬼,这样就不容易被人们发现了,他还可以幻化成人的模样,或者变成一个火球。柜子精喘息间就能走上百公里,还能轻而易举地穿过厚厚的墙壁。这些神奇的法力都是柜子精与生俱来的。"我们可是妖怪,这些都是雕虫小技!"

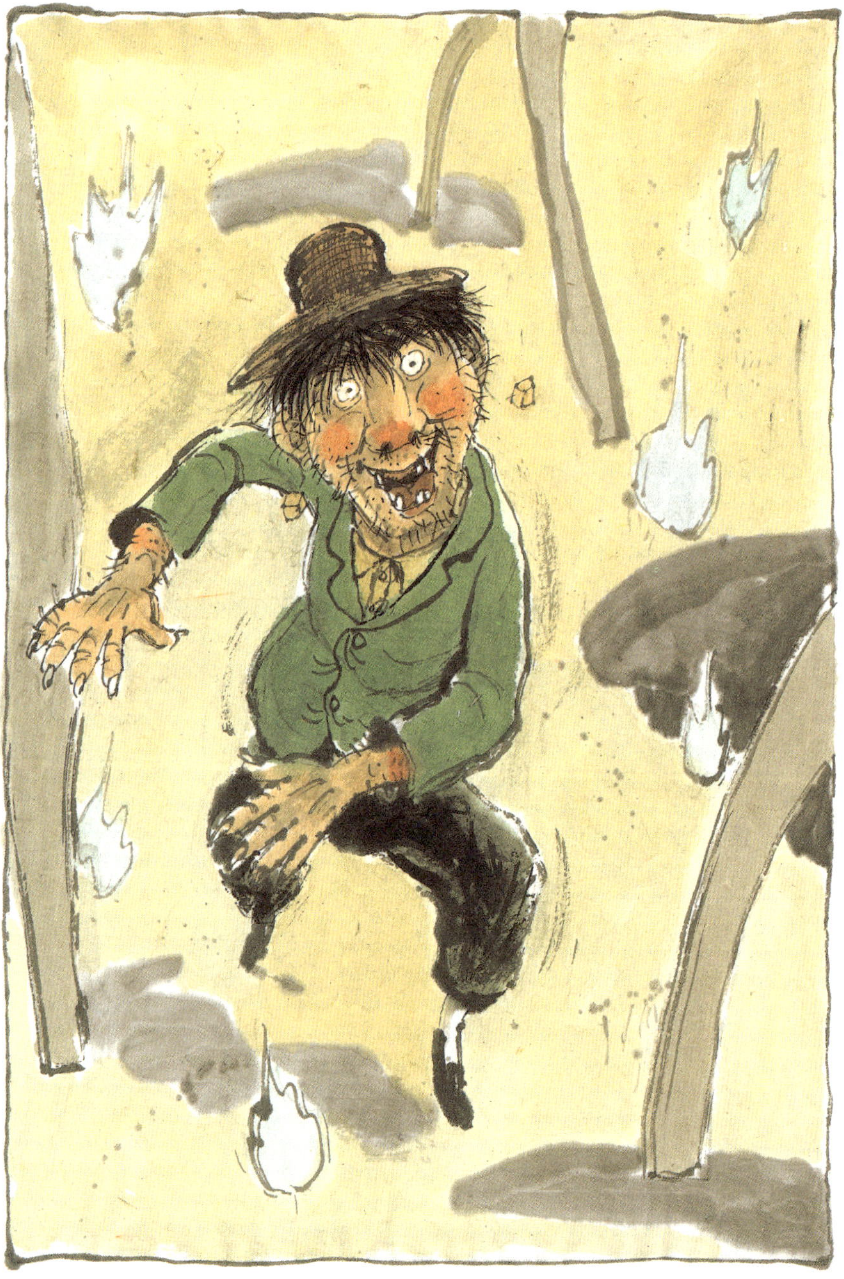

第二章

不速之客

柳条柜子成精后踏上了找寻自己主人的道路。去哪里找呢？妖怪们总喜欢阴湿的犄角旮旯。柜子精进到了一间库房里，只见那里的老鼠们正肆无忌惮地在洞里爬来爬去。咦，好熟啊！这不是吝啬鬼老头儿家的老鼠吗？他捏起两只老鼠将他们摔在地上："是你们把钱柜的消息抖搂出去的吧？""吱吱，你敢摔我们？！""对啊，我就是要摔，手劲儿还算温柔吧？呵呵，你们这些淘气鬼、讨厌鬼！"说罢，柜子精就缩在一个角落里开始犯

困了。

虽然回到了主人家，但柜子精就是睡不着。"唉，为什么睡不着呢？"他眨着深陷下去的眼睛百思不得其解。突然，他猛地拍了一下膝盖，说："对啊，就是它，钱的味道！"原来他已经习惯了搂着钱，伴着钱味儿进入梦乡，如今闻不到钱的味道当然难以入睡了。柜子精一下子从地上跳起来，飞快地跑到吝啬鬼老头儿的后屋里去。他动作敏捷地打开了"金库"（以前藏柳条柜子的房间）的门。哇！一箱、两箱、三箱……总共有六箱呢！他挑了一个最大的钱柜夹在腰间就走了。这时，老头儿正在酣睡中。"嗖嗖！"知道这是什么声音吗？如枫叶或者银杏叶随风飘落的声音，妖怪的脚步就是如此轻盈。

柜子精迫不及待地用他那只大手把锁打开，一股脑地把钱全部倒在地上。瞬间，一股浓浓的钱味儿迎面扑来。柜子精贪婪地抽动着他那硕大的鼻孔。"啊！就是这

个味道,太好了,爽极了!"从一个人的手转到另一个人的手,不停地转来转去的这些钱,味道真的有那么好闻吗?先闻一下试试吧。啊,一股发霉的臭味儿钻进鼻子里,但是柜子精却喜欢得要命。他把钱铺了厚厚的一层,然后坐在上面,像坐在软绵绵的坐垫上似的,柜子精爽极了。**天哪,妖怪居然坐在了用钱铺的坐垫上!**柜子精感觉自己如神仙一般。不一会儿,他就进入了梦乡。

019 爱上读书的妖怪

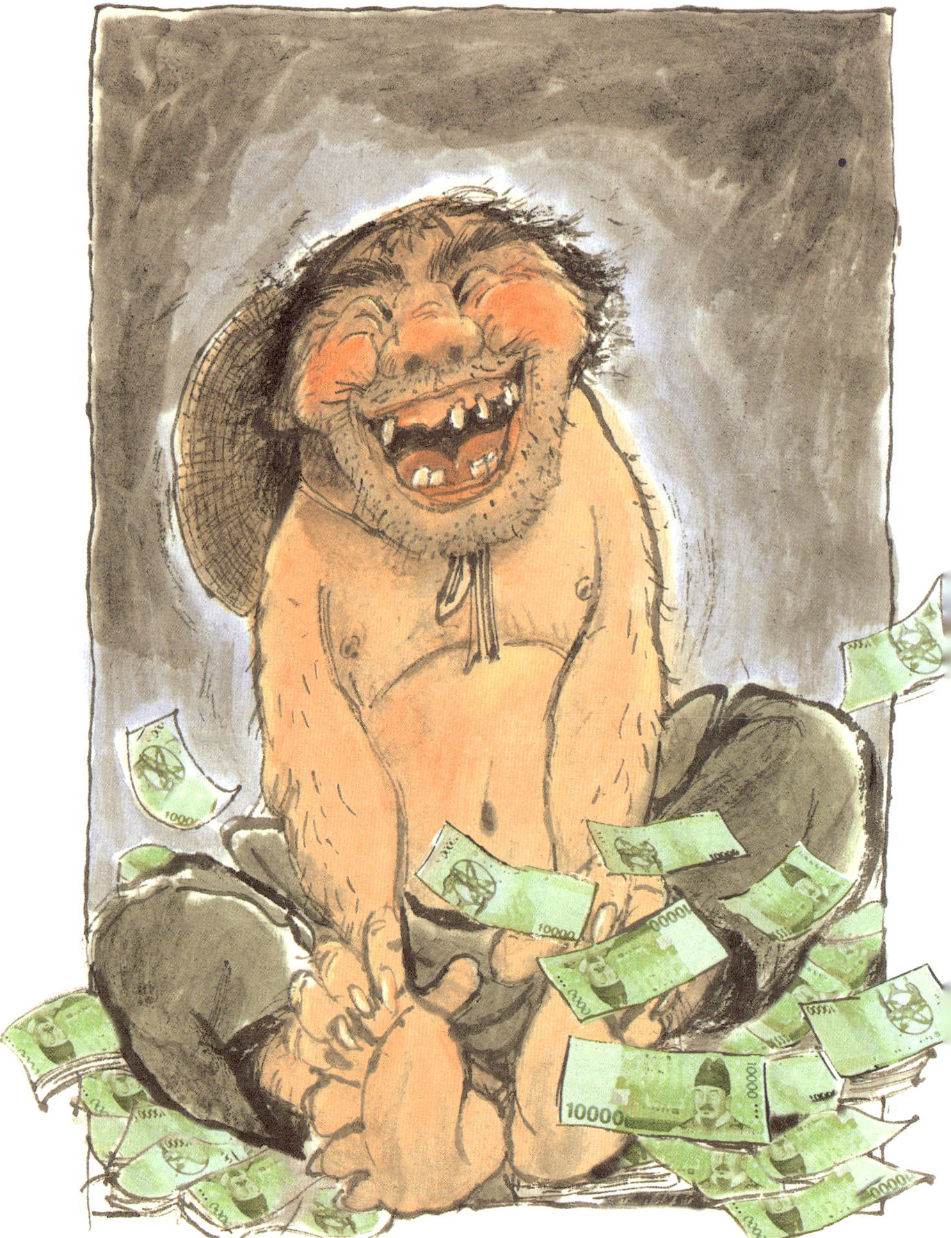

10000

책읽는도깨비

第二天早上，看到又有一个钱柜不见了，吝啬鬼老头儿顿时傻眼了，这着实是件让人恼火的事情。老头儿气得直跺脚，恶狠狠地发誓一定要把小偷逮住。"哈哈，真有意思。"原来，柜子精此时变成了影子鬼，在边上看着老头儿发狂的尿样儿正哈哈大笑呢。"贼就在你眼皮底下，你还气急败坏地喊着抓贼，真是可笑到家了。"柜子精想。

那天晚上，吝啬鬼老头儿叫了几个力大无比的小青年来，叫他们帮忙守住他的钱柜。小青年们在粗糙的掌心上"啐啐"吐了几口唾沫，两手搓了一下就开始了抓贼的工作。他们每人手里握着一根橡木做的木棒，瞪着大大的眼睛，举着亮亮的灯火，一个个如妖怪一般。但这又有什么用呢？柜子精哼着小曲儿，又从容地提了两个钱柜出来，"哈哈哈，我就爱钱，这些钱闻上去太美妙了。"

柜子精每天都例行公事似的去偷钱柜，把偷来的钱

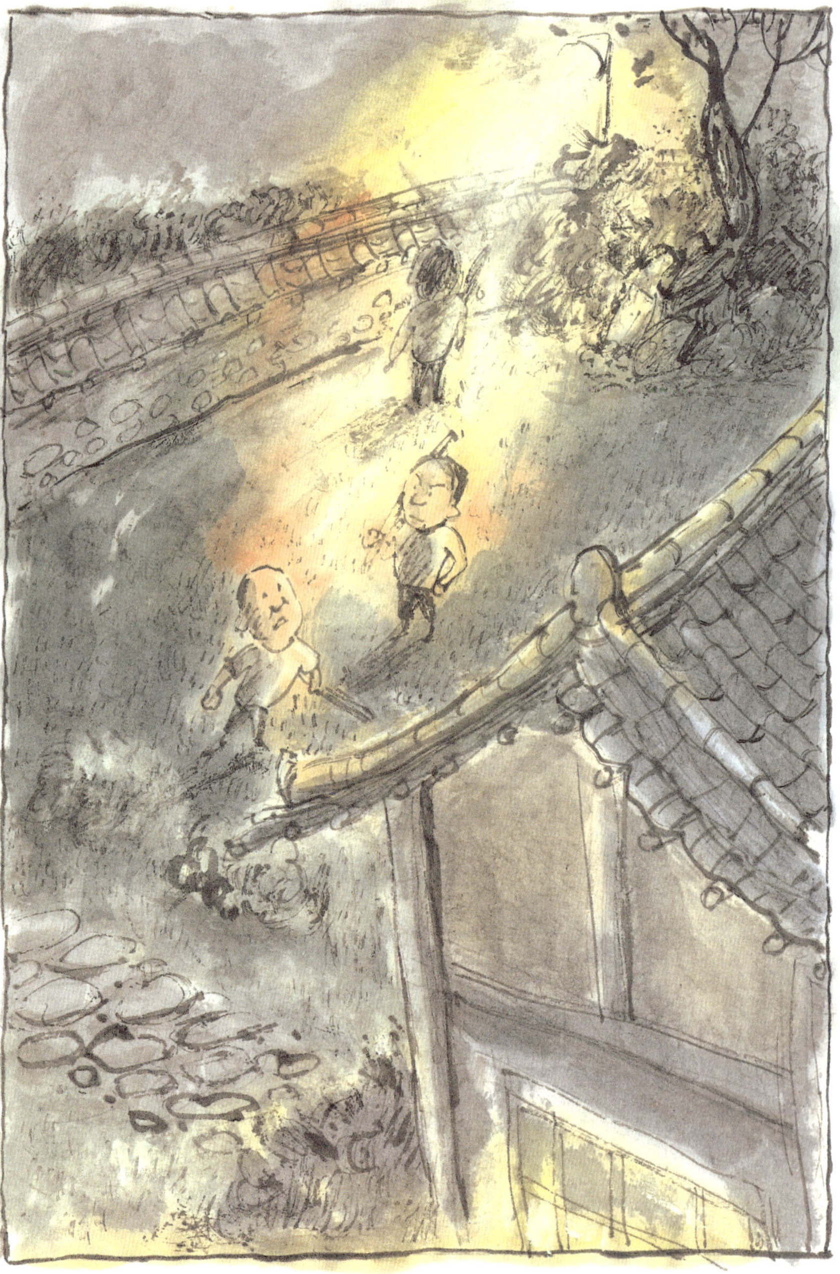

책읽는도깨비

摞了一层又一层。眼看着自己心爱的钱越来越少,吝啬鬼老头儿终因伤心过度病倒了。病榻上的老头儿嘴里还一直喊着:"哎呀,我的钱啊,我的钱啊……"都病成这样了还念念不忘他那些钱。柜子精看到老头儿那滑稽的模样,心里直想笑。但是好景不长,柜子精也遇到了麻烦。老头儿家的大黄这几天一直在仓库周围转来转去,这里嗅嗅,那里闻闻,不时还吠上几声。"那个家伙难道闻到什么味儿了吗?大黄肯定是发现了什么异常。"柜子精不安地琢磨着。大黄确实察觉到了:沙沙作响,还发出腥味儿,这分明是妖怪的气味!**哎,狗鼻子果然名不虚传!**

023 爱上读书的妖怪

柜子精越来越忐忑了,心想:"不行,我得马上搬家了。"于是,柜子精决定把钱袋子搬到村口外面的柳树下面去。"呵呵,这下可以放心了。"

柜子精开始"大刀阔斧"地攒起钱来。吝啬鬼老头儿,还有左邻右舍的富人家,乃至很远的村子都被他洗劫一空。"我也要像吝啬鬼老头儿一样成为一个大富翁。"柜子精带着这些钱跑到很远的地方买了很多地。这个时候当然不是以影子鬼的模样出现啦。他把凌乱的头发和全身乱七八糟的毛发都梳理得很整齐,然后穿上了黄色的麻布衣。为了使表情不至于显得过于严肃,他尽量保持微笑并把草帽压得很低。乍一看,俨然一个在地里干了大半辈子活儿的农夫。柳条柜子精"柳财主"的称号顿时声名大噪。但是这个"柳财主"究竟是谁,人们无从得知。"变成富翁的感觉真好啊!"就这样柜子精在钱垫子上安逸地吃喝,高兴之余还放了几个响屁。"嘣嘣"。

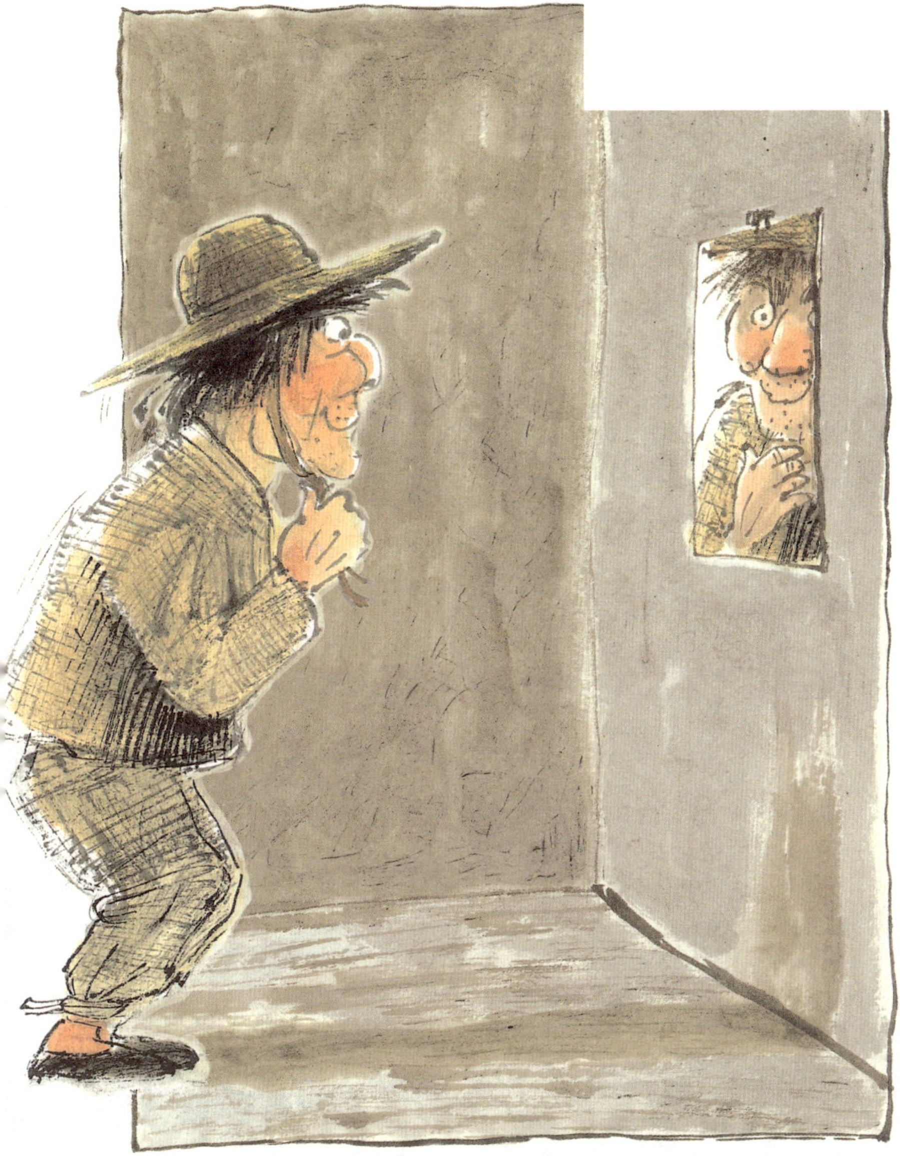

一天晚上,柜子精家来了不速之客。"大哥在吗？""你是谁啊？"柜子精探出脑袋来,立刻被眼前的场景吓了一跳：黑夜里有两个妖怪站在柜子精家门前。"我是扫帚精。"扫帚精的脸和扫帚一样修长,好像唯恐别人不知道自己是扫帚似的。他喜欢把什么都打扫得干干净净,简直就是一位洁癖症患者。"我也来了。"眼前这个眼睛一眨一眨的小妖怪就是笔记本精,小家伙眨眼的速度有点儿令人咂舌。他肯定是用得太久了被主人抛弃后成精的,从他那破烂发黄的样儿就知道了。笔记本精在妖怪行列里已经算是个头儿很小的了。呵呵,那些书虫们的个子也不高。"柳财主声名远扬,小弟是慕名而来的。"扫帚精说话时露出黑黑的牙齿,呵呵地笑了。不知为什么,这个笑声让人非常不爽。

柜子精收留了扫帚精和笔记本精,并把他们当作家人一样看待。扫帚精答应要形影不离地跟随着柜子精,

책읽는도깨비

而笔记本精则成了柜子精的"师爷"。为什么叫"师爷"呢？因为柜子精除了偷钱和买地之外一窍不通，可又非要装得好像什么都懂，所以只好让识字的笔记本精陪伴左右了。三个妖怪没日没夜地忙碌着，晚上忙着攒钱，白天忙着买地……忙啊，忙！

休息的时间他们就一头倒在钱垫子上呼呼大睡。他们的睡姿真是各有特色：柜子精紧紧地抱着钱柜子睡，扫帚精抱着扫帚睡，而笔记本精则是搂着笔记本睡。因为这些东西都是它们成精之前自己的身体。不但手感好，而且散发着熟悉的味道，更重要的是承载着他们难以忘怀的回忆……闲来无事的时候，笔记本精就读书识字，都是一些记在泛黄纸页上歪歪斜斜的字。

从早上开始，外面就淅淅沥沥地下起了雨。他们最讨厌下雨了，因为他们不想全身被雨淋湿。三个家伙躺在屋里听着外面的雨滴答作响。"这样的天儿我们是不

国际大奖小说

是应该读点儿什么呀?"接着笔记本精就打开了泛黄的笔记本,开始读起来。

圆咕噜啊,和我一起玩吧。

英二啊,和我一起玩吧。

哲洙啊,和我一起玩吧。

一起玩吧,一起玩吧,一起玩吧!

哲洙,英二,圆咕噜都互相嚷着要一起玩。

"他们似乎都很无聊的样子啊。"扫帚精话音刚落,柜子精就接着说:"说得是啊,但是我们几个可忙得要命。""为什么他们不学习光想着玩呢?"笔记本精用责备的口吻说。说罢,扫帚精反问道:"以前的孩子都喜欢玩不喜欢学习。你以为学习好才是最重要的吗?""对啊,光学习好有什么用啊,钱才是最重要的。"柜子精张嘴就是钱、钱、钱,这跟吝啬鬼老头儿像极了。

就在这时,外面传来了杂乱的犬吠声。三个家伙一

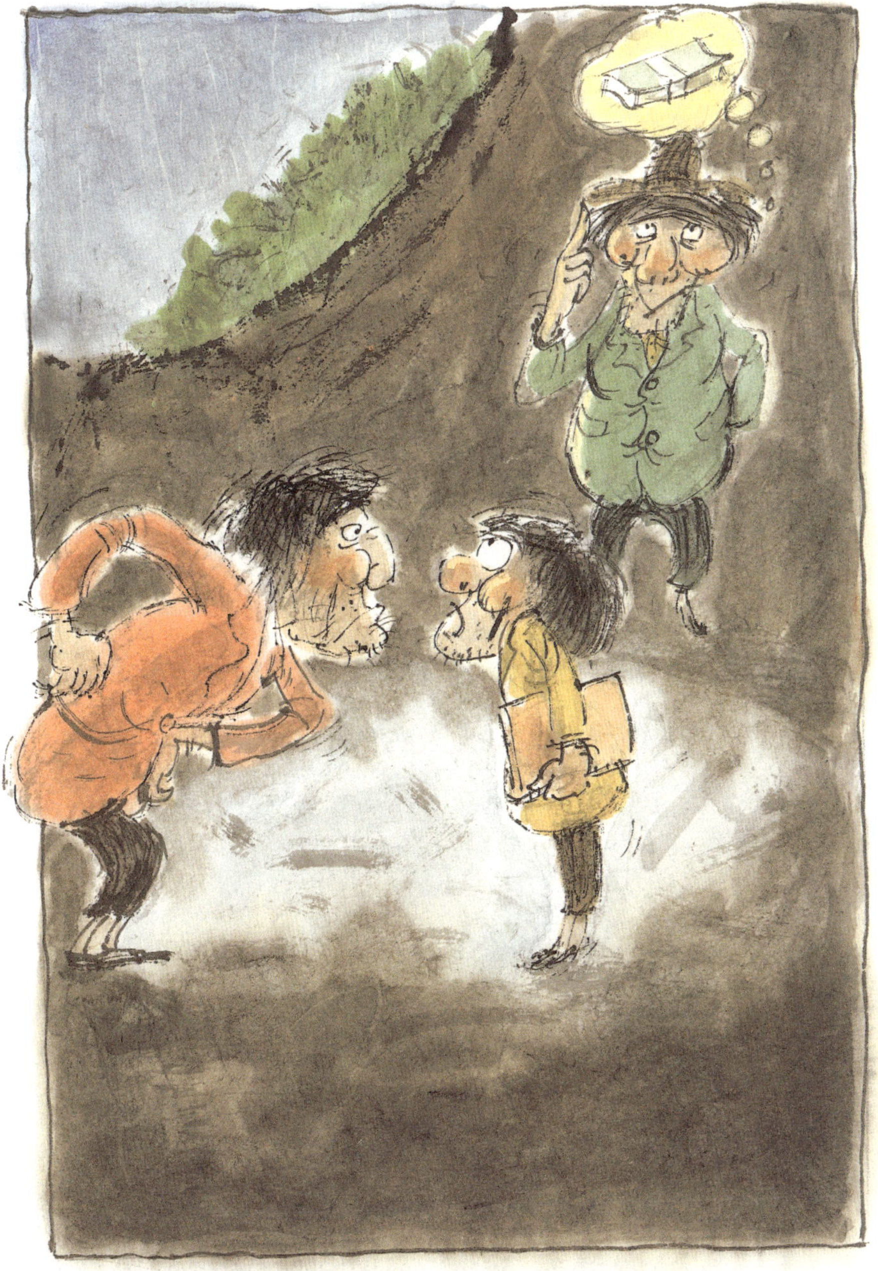

齐将头探出去。(当然是变成影子鬼的模样了。)"你们是干什么的?"大黄、圆咕噜、小白、黑蛋儿,村里有名的四条狗像是开英雄大会似的聚了过来。"大哥,怕是他们嗅到什么气味了吧。""对,一下雨,这里发霉的味道就会加重。""大事不妙了!"柜子精顿时拉长了脸。"我们三个妖怪挤在一块儿,岂不是腥臭味儿更浓。而且这么多钱藏在这里肯定是会发霉的。"柜子精的眼里放出时亮时暗的蓝光。他对着狗,用鼻子"呼"地吹了口气,随即刮起了一阵令人毛骨悚然的凉风。这时朝着树狂吠的狗乖乖地耷拉下了尾巴。"这肯定是妖怪吹的妖气!"狗群抽风似的往回跑去。

第二天天一亮,四条狗又围了过来,还各自带了几条狗崽儿,好像游行示威似的。各种犬吠的声音夹杂在一起,小狗崽儿们也毫不示弱地翘着尾巴,"杀伤力"十足。怎么办啊?要是能用钱贿赂它们就好了。唉!

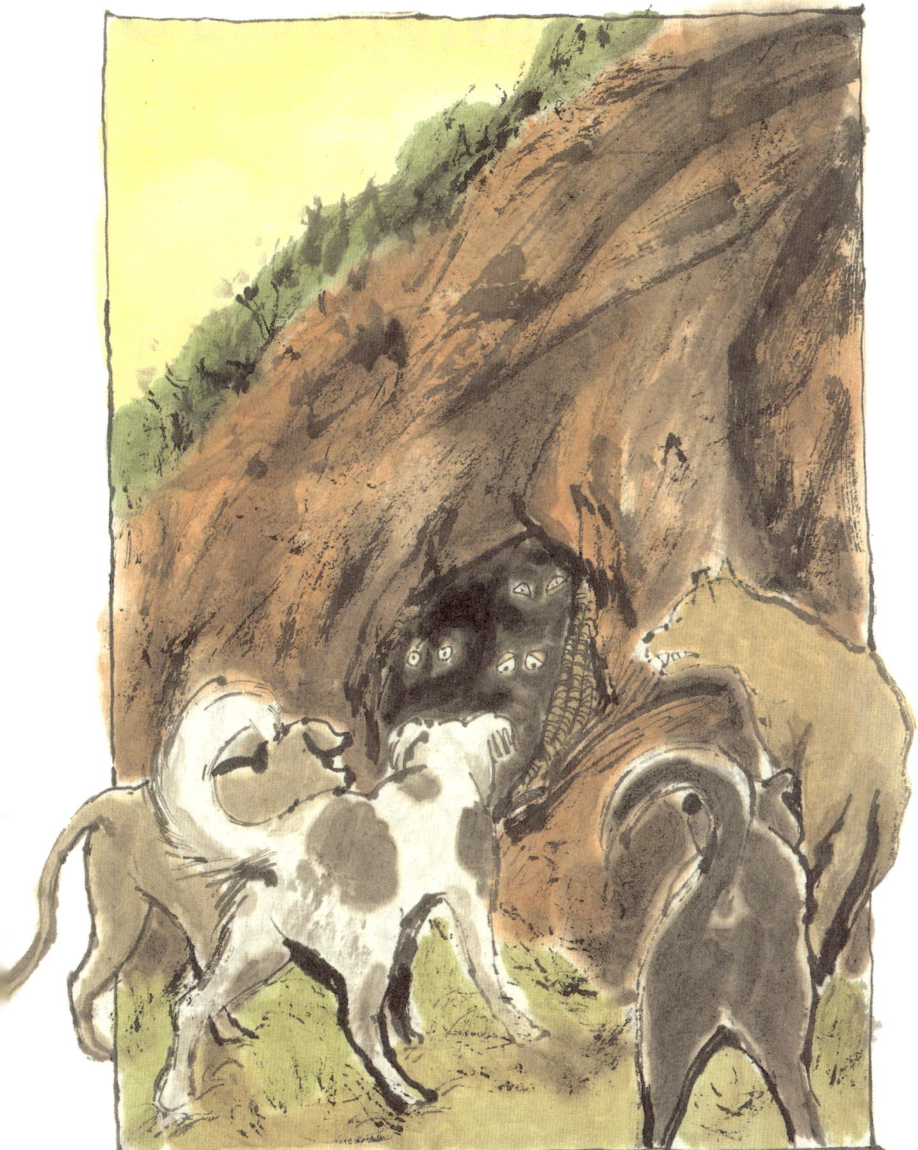

第 三 章

寻找新家

柜子精愁眉苦脸,如果狗总跑到这里来闹事儿的话,人们终会觉察到的。不光是人们,其他的妖怪们也会知道的,接着就是鸟和田鼠们,最后,吝啬鬼老头儿也会觉得事有蹊跷,然后跑到这里来的。"我们可以隐身逃走,但是这期间我们呕心沥血攒的钱不就都白白便宜给别人了吗?如果吝啬鬼老头儿发现这里有座金库,他会怎么样?""小偷的巢穴就在那棵柳树底下,消灭它!"老头儿那可怕的声音似乎在耳边隆隆作响。"另外,要是我

们偷人家钱的事情传到其他妖怪的耳朵里去的话,他们决不会善罢甘休的。天哪,我的脑袋快要爆炸了。"

国际大奖小说

柜子精彻夜未眠，一直在为这件事苦闷。第二天，他说："我们得离开这里。""为什么呀？"另外两个妖怪异口同声地问。"我们要到新的世界里去。""那是什么地方呀？"扫帚精问道。"我也不知道，试着找找呗。"刚说完，只听笔记本精扑通一声跪在柜子精面前说："大哥，俗话说'丛林里聚妖怪'，有了天然的丛林作为屏障，我们才会酝酿出好的主意。金窝银窝不如自己的狗窝，请您再考虑一天吧。"柜子精拉长着脸说："村里的狗鼻子这么灵，有它们搅和，这里已经不安全了，我们不能再在这里存钱了，也不能再买地了。"柜子精很无奈地捶着自己的胸口，"想不到我们一直宝贝儿似的供奉着的钱，现在却成了一堆废纸。"柜子精心疼地摇着一沓一沓的钱，痛定思痛后开始往口袋里装。**"一直宝贝儿似的供奉着的钱，现在却成了一堆废纸"是什么意思呢？**

柜子精这下可明白钱的哲学了。一直攒着不把它们

책읽는도깨비

用在合适的地方的话，迟早会吃亏的。躺在大把的钱上面睡觉，闻着发霉的钱味儿进入梦乡，是不对的。"在这些钱变成废纸之前，我们得赶紧走，去买地。"柜子精一边分钱，一边嘱咐说："既然你们不愿意走，只好我自己走了。我找到住处就会联系你们，到时再赶过来，知道了吗？""是，大哥。""那我就走啦。"三个妖怪行了个"碰额头"的离别之礼。"碰额头"是什么意思呢？这是妖怪之间的礼仪，其实就是互相碰下额头，而且一次比一次用力大，"哐！哐！哐！"天哪，头不会撞破吧！

月色温柔地抚摸着大地，柜子精依依不舍地离开了故乡。他背着钱袋子，风一般地奔走着。但是，即便法力再高超的妖怪，到一个人生地不熟的地方去找栖身之所也确实不易。如果找不到，他就只能沦落为一个无家可归的流浪鬼。"反正我有钱，还担心什么呀！"想到这里，柜子精似乎多了几分安慰。这世上，有钱能使鬼推磨。

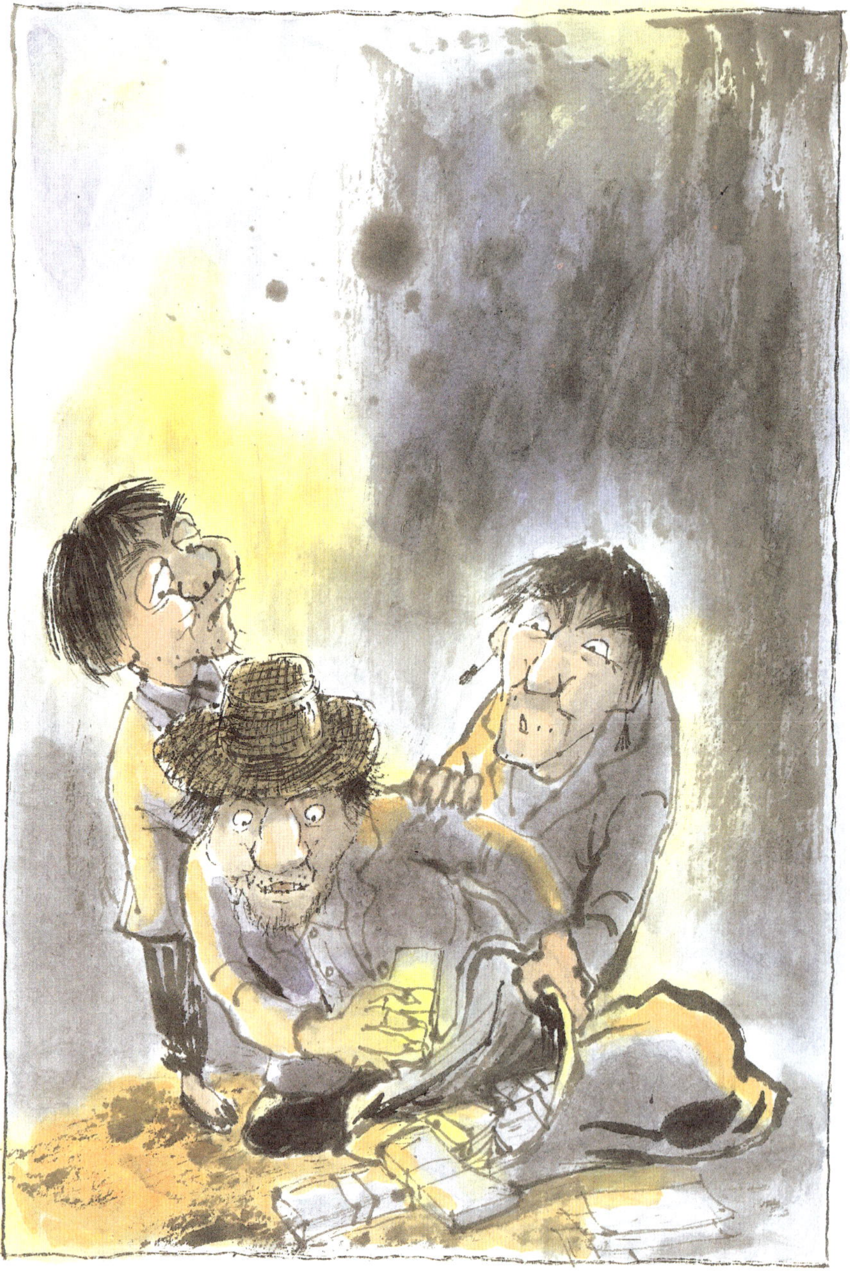

柜子精跋山涉水，最后来到了一个大城市。夜幕下的城市灯火通明。"天哪，这里太耀眼了。"柜子精被眼前的景象惊呆了。他喜欢阴暗潮湿的地方——漆黑的后屋、钱柜子、仓库，还有柳树洞，这些黑咕隆咚的地方曾经都是他的安乐窝。眼前这个繁华的城市会有柜子精的容身之所吗？柜子精张开偌大的鼻孔，嗅着周围的气味儿，大步流星地往前走着。"咳咳，有树和水的味道……"没过多久，一个人工湖公园映入眼帘。柜子精是很讨厌水的。深夜的湖水显得格外平静，皎洁的月光下映出柜子精长长的影子。他抬头望了望圆圆的月亮，"圆圆的月亮真美啊！"

　　柜子精在树丛里走啊走，看到前面有一棵大树耸立在路边，他立刻停下了脚步。"咳咳，这不是柳树吗？"柜子精眼里顿时冒出贪婪的蓝光，心里一阵窃喜。"柳树就是我的命根子啊。"真是踏破铁鞋无觅处，得来全不费功

夫！柜子精就是用柳条做的，在他原先住的那个村口也有一棵柳树来着。柜子精从树底一直瞅到树顶，满意地笑了。这棵树的树根非常大，两个人都合抱不过来，树干的分义处裂开了一道大口子，形成了一个洞。"原来这棵柳树被雷劈过呀。"这对于一个携款逃跑的柳树柜子精来说，这个地方再合适不过了。说时迟那时快，柜子精施了一下魔法，变成了一个谁都看不见的影子鬼。"我住在这里的事情不能让任何人知道，就连月亮也不行。"转眼间柜子精就钻到柳树洞里面去了。

有的人奋斗十年也未必能盖一栋房子。在月光诱人的深夜，柜子精刚来到这个城市，就遇上了一个这么满意的天然寓所，真是美事一桩啊！树洞里面又深又宽，别有洞天。柜子精把钱铺在地上，惬意地躺在上面，感觉整个世界尽在自己的掌控中。但是第二天发生的事儿证明这里也不是一个世外桃源。

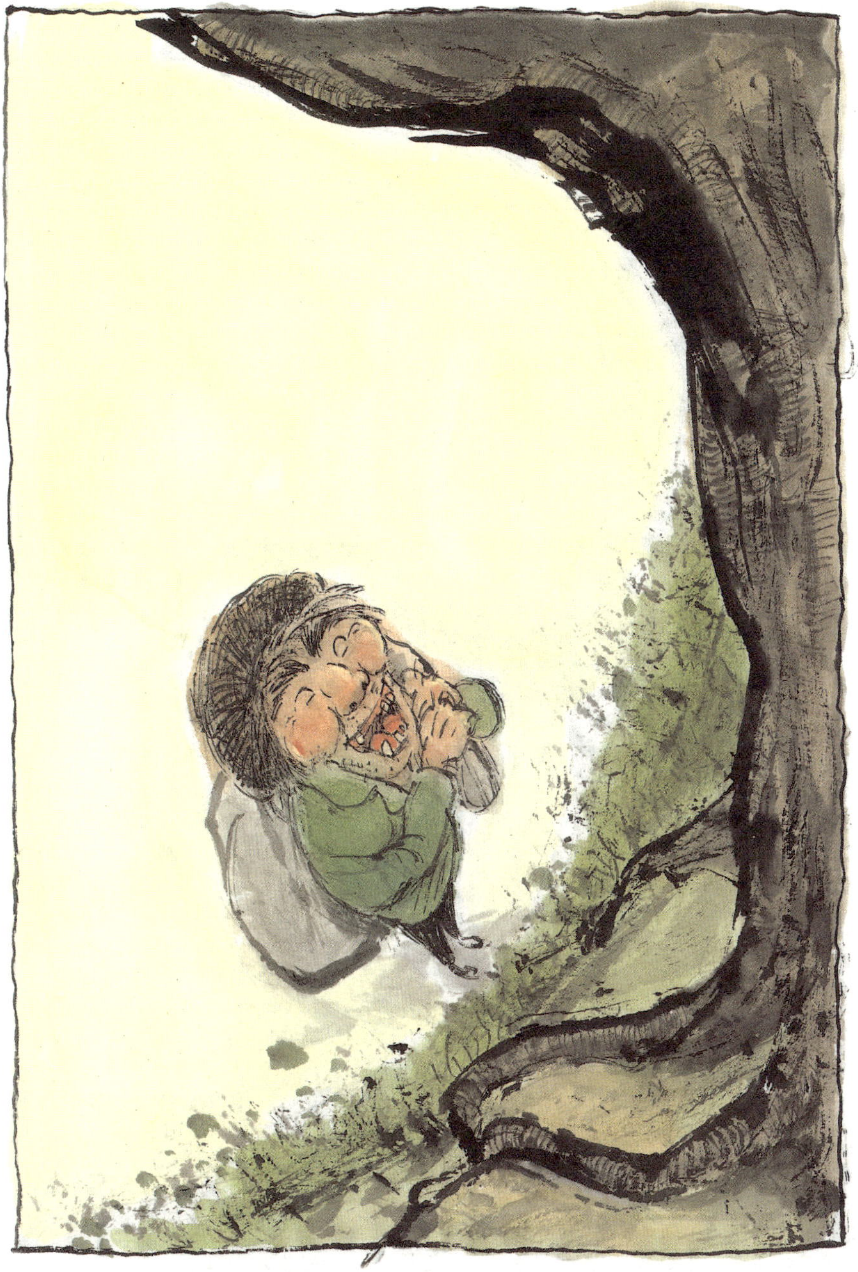

国际大奖小说

东方刚露出鱼肚白，人们就陆续来到公园，有跑的，有跳的，还有骑自行车的。"即使又吵又危险，我也不能离开这个家。"柜子精夹在人群里又跑又跳，还做体操，"城市真是个令人流连忘返的地方啊！"放弃这儿的话确实有点儿可惜。

柜子精将一切安排就绪后，就通知了待在老家的两个兄弟。扫帚精和笔记本精这段时间可是望眼欲穿地等着，一听到这个好消息，他们马上就动身了。"我们大哥就是厉害！"他们乐不可支。

"哇，这个又大又好看的公园就是我们的新家啊！""人多，好看的东西也多。"扫帚精和笔记本精乐得都要昏倒了。一个老爷爷正在散步，他们调皮地把他的帽子摘下来自己戴上。看哪个风筝飞得高，他们就把风筝线给掐断。一个小朋友正美美地吃着冰激凌，他们一手打掉，然后从地上捡起来再吃。"嗯，凉丝丝的。""有点儿化

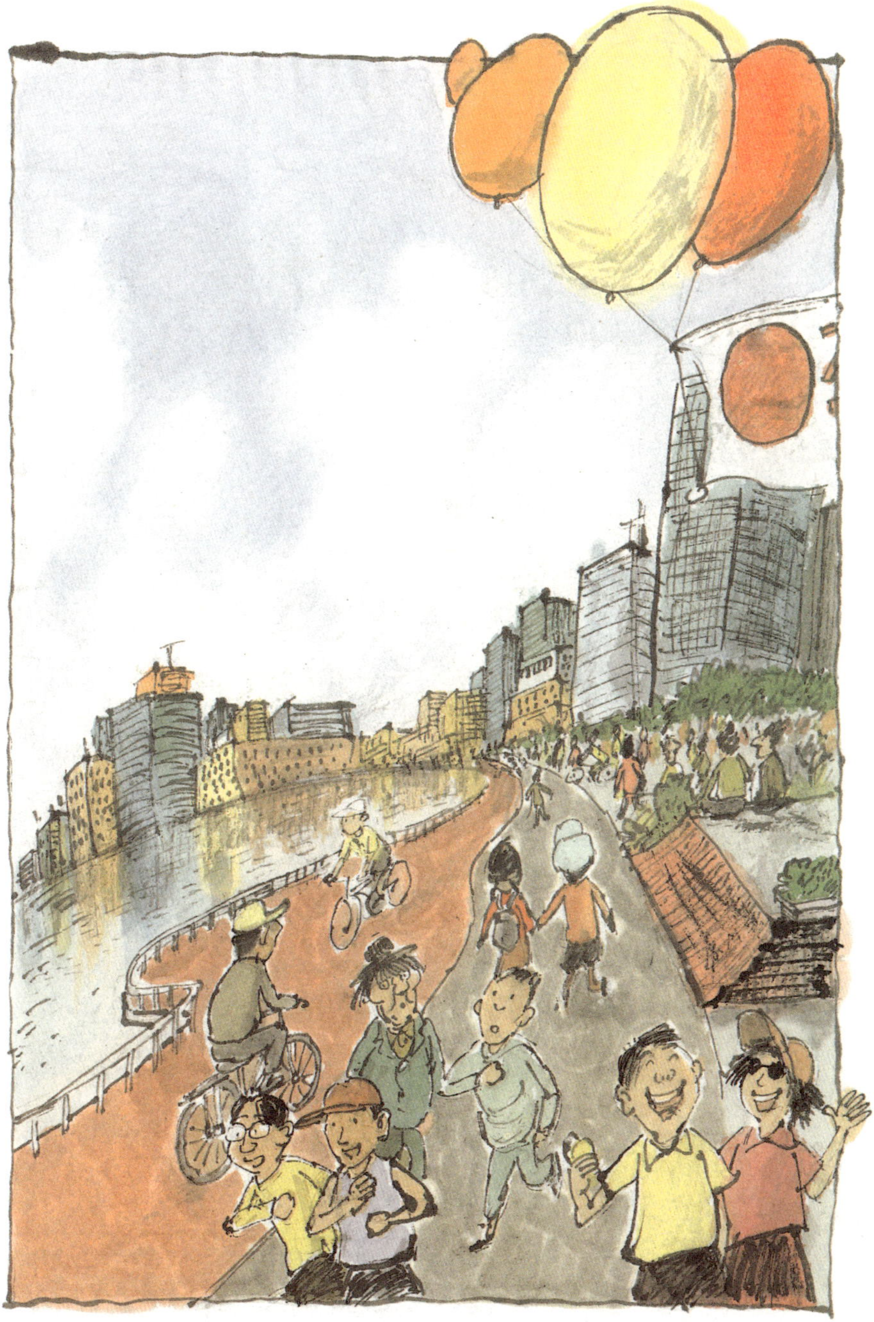

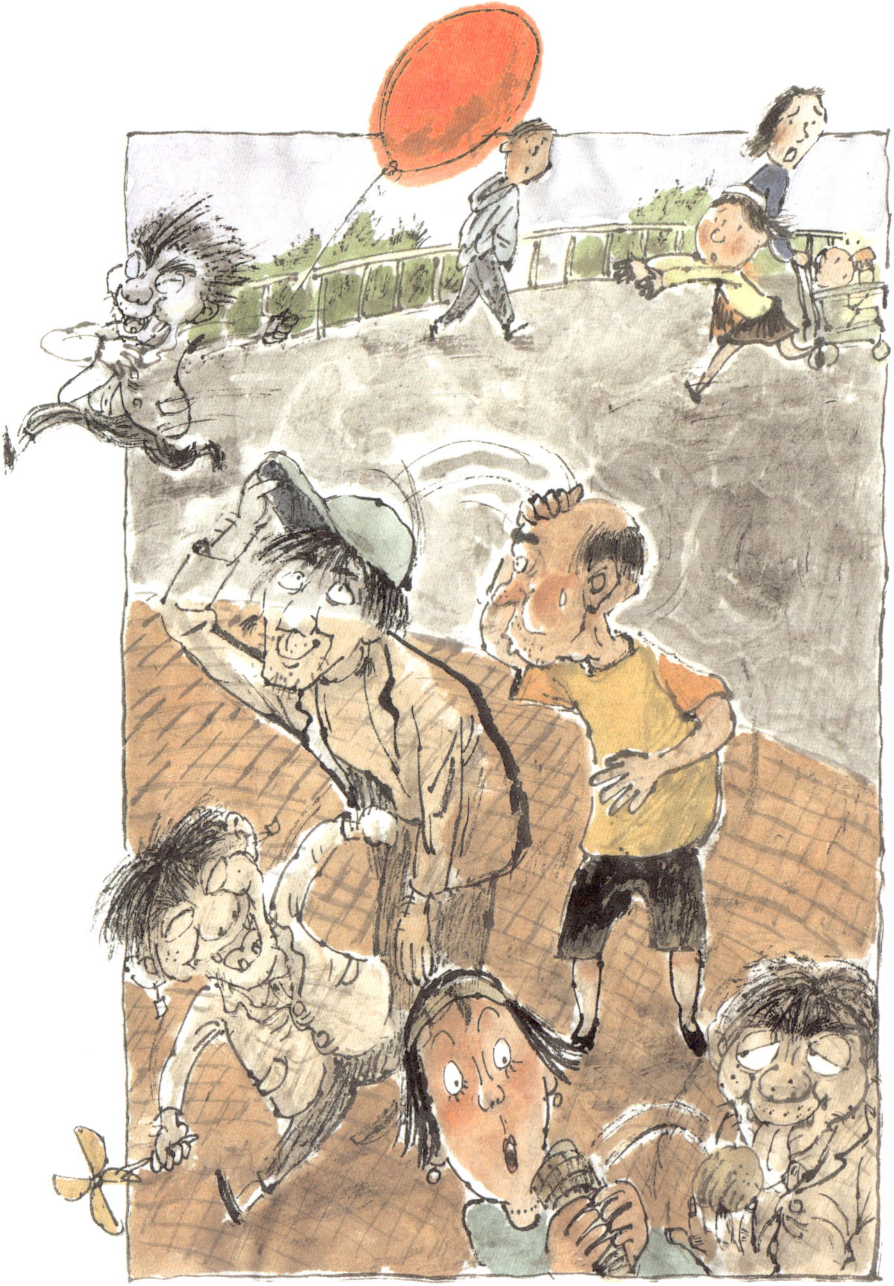

책읽는도깨비

的更好吃。"三个妖怪一边吃着,一边像美食家般评论着,享受着这种不同以往的生活。

一天早上,可怕的事情发生了。他们听到了汪汪的狗叫声。三个妖怪立马从地上弹了起来,惊慌地看着洞外。"那不是圆咕噜吗?"圆咕噜一个劲儿地汪汪叫,试图爬到洞里去。"怎么了,那边有什么东西吗?"带着圆咕噜出来散步的一个小孩儿问道。"汪汪,这棵树有点儿异常。"圆咕噜嗅到什么气味儿了吗?"咱们走吧,圆咕噜。"小孩儿往前走了几步后,回头喊圆咕噜。可是圆咕噜还是在树洞前来回打转。"不行,得让他见识一下我们的厉害。"柜子精点头示意了一下,扫帚精就朝圆咕噜吹了一口气。只听圆咕噜惨叫了一声,夹着尾巴逃跑了。无论是农村里的圆咕噜还是城市里的圆咕噜,这狗鼻子都是不可小觑的。他肯定是嗅到了腥臭味儿。

三个妖怪又陷入了不安之中。因为从那以后,圆咕

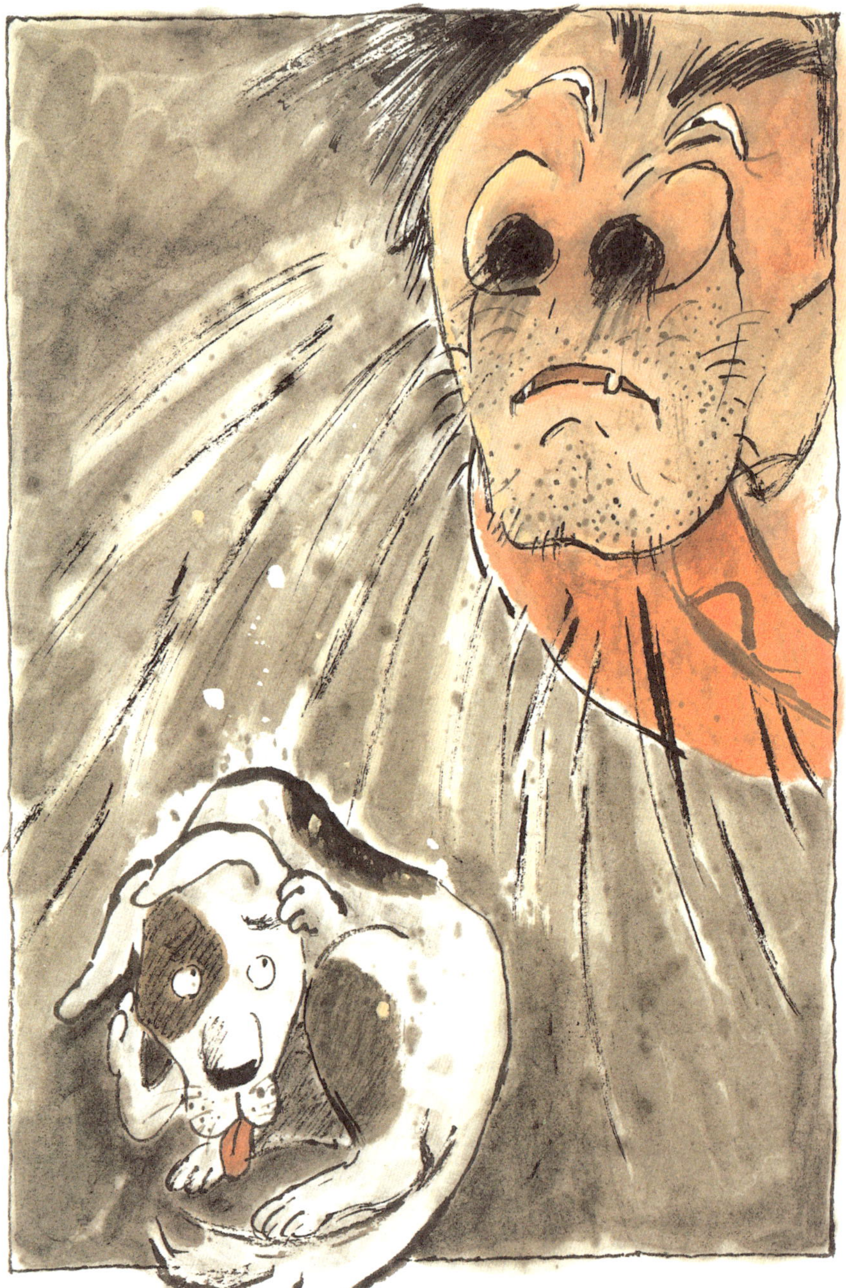

책읽는도깨비

噜每次来散步的时候,都会围着柳树洞疯狂地叫。今天圆咕噜又发疯般地乱咬,他的异常反应终于引起了小主人的怀疑,小孩儿也凑过来看了看树洞。"里面肯定有什么东西。"小孩儿要是真爬上来的话怎么办啊?三个妖怪正一筹莫展的时候,一个中年男子恰巧从这里经过:"哲洙呀,不能爬树。""叔叔,这棵树里好像有什么东西。"这个叫哲洙的孩子指着树洞说。但是,那个叔叔并没有理睬便走开了。"什么,哲洙?"笔记本精似乎在哪里听到过这名字,对了,是在那个破笔记本上记着的。

圆咕噜啊,和我一起玩吧。

英二啊,和我一起玩吧。

哲洙啊,和我一起玩吧。

我们居然在这里遇到了笔记本上记录的小狗和小孩儿?那么英二跑哪儿去了呢?

045 爱上读书的妖怪

第四章

抢占风水宝地

柜子精的脸上又愁云密布了。本来以为是个好住处呢,没想到还是没能摆脱狗的骚扰。

"不行,这里似乎也不是什么好的安身之所,我们再找别的地方吧。"

"不行,这么好的家为什么不要了?"扫帚精自己嘟囔道,"无论我们去哪里,圆咕噜,或者说是狗鼻子都是我们的威胁。"柜子精深深地叹了一口气。

"大哥,别着急,我有一个好办法。"笔记本精眨着蓝

색 읽는 도깨비

色的眼睛说。

"有什么好法子,快说。"

"我们把乡下的地卖掉换成钱吧。"

"这样好像不好吧,以后随着开发,地价可是要上涨的。"

"城市里的地价会涨得更高啊。我们买个好地方直接盖个房子不就得了。"

"什么,房子?"

"对,像人类那样,盖一栋好的房子。"

"就是建一栋真正属于我们的家啊。"

"是的,到时候我们可以把这棵柳树挪到我们宽敞的院子里去。"

"哈哈,好主意!你果然是个聪明的家伙。"

柜子精决定马上着手盖房子。现在他们也可以人模人样地住在房间里了。他们把柳树洞里的钱都收好。接

着,柜子精把乡下的地都卖光了,扫帚精和笔记本精为了找寻可以盖房子的地方,也开始热火朝天地忙碌起来。几天后,他们终于找到了合适的地方。

"大哥,我们找到风水宝地了。"扫帚精提着嗓子喊。

"什么风水宝地啊?"

"在那里盖房子的话,肯定会飞黄腾达的。"

"飞黄腾达?"

"肯定会财源滚滚的。"

"那还愣着干什么,赶快买下来盖吧。"

"大哥,现在还不行。"

"为什么?"

"那块地皮现在的主人正在那里施工呢。"

"什么,这是什么意思?"

"说是要盖个大的服装店。"

柜子精思忖片刻,"这有什么难的?我们不仅能得到

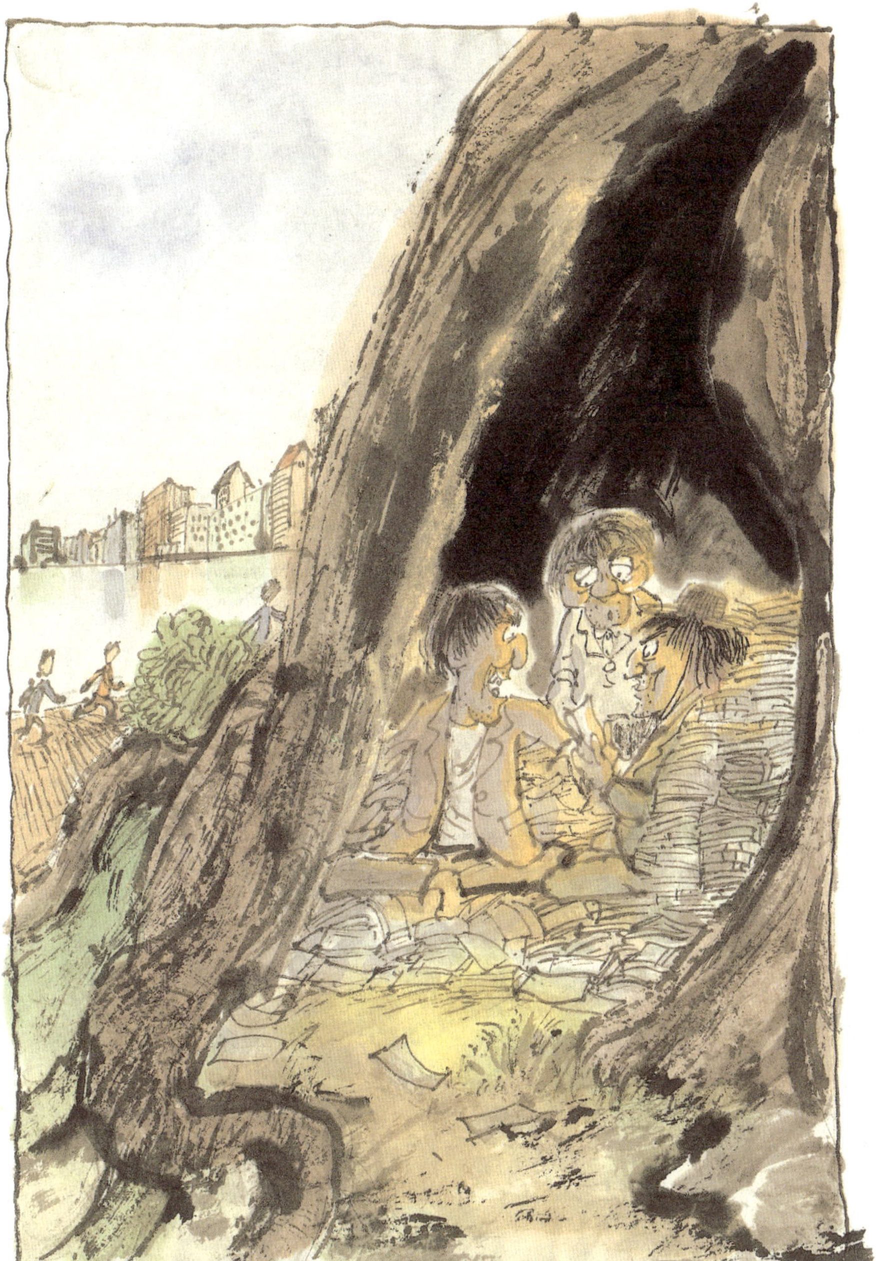

这块地,而且还是一个非常划算的价格。"说罢,嘎嘎大笑起来……

这地方果然是风水宝地——后面有低缓的山环绕着,前面的视野也非常开阔,土地很平整。建筑工人们正在打地基呢。"这样的好地方可不能错过啊。"柜子精嘴角掠过一丝狡诈的浅笑,笑声中传达出什么意思呢?

第二天,来这儿干活的人被眼前的景象惊呆了——昨天竖的柱子都倒了,遍地都是碎石头。"这是怎么回事啊?是哪个兔崽子干的好事?""难道这就是传说中的妖怪作祟?"房子的主人感觉自己似乎被鬼缠身了,他因为担心这件事宣扬出去,就悄悄地以低价把这块地卖了。这块地的新主人又开始盖房子了,这次要建一个大食堂。"嘿嘿,你盖盖试试。"柜子精这次又要耍什么花招呢?哦,原来是粪便,各种粪便:狗粪、牛粪、马粪……凡是能想到的粪便在这里都能找得到,真是应有尽有。"呸,

呸，是哪个家伙干的好事？这里肯定是闹鬼了。"新主人也很便宜地把地卖掉了。哎呀，这么多的大粪谁弄的啊？

051 爱上读书的妖怪

国际大奖小说

这次来买地的是个学者。这里闹鬼的消息传开之后,"风水宝地"的价格一落千丈。但是即便再便宜,看到满地的粪便也会不满的,更别说一个学者了。原主人只好把这些粪便都处理干净后,才以低价卖给学者。接着,学者开始在这里建房子了。这次,学者要在这里盖什么房子呢,好奇吧。学者真不愧是读书破万卷的人,他很快就意识到肯定是鬼在这里作祟。

一个月圆之夜,学者来这块儿风水宝地勘察地形,碰巧三个妖怪也在这里。虽然学者看不见妖怪们的模样,但是感觉到了身边阴冷的气息,他猜到妖怪们来了。"哼,哼。"学者清了清嗓子,"你们来啦?"三个家伙大吃一惊,环顾了一下周围。除了自己,没有别人啊。"我知道你们肯定会来的。"学者使劲儿咬了咬正在打战的牙。哈哈,原来学者也怕鬼啊!"大哥,这个家伙非同寻常啊!"扫帚精说。"对,他可不是等闲之辈,让我给他点儿颜色

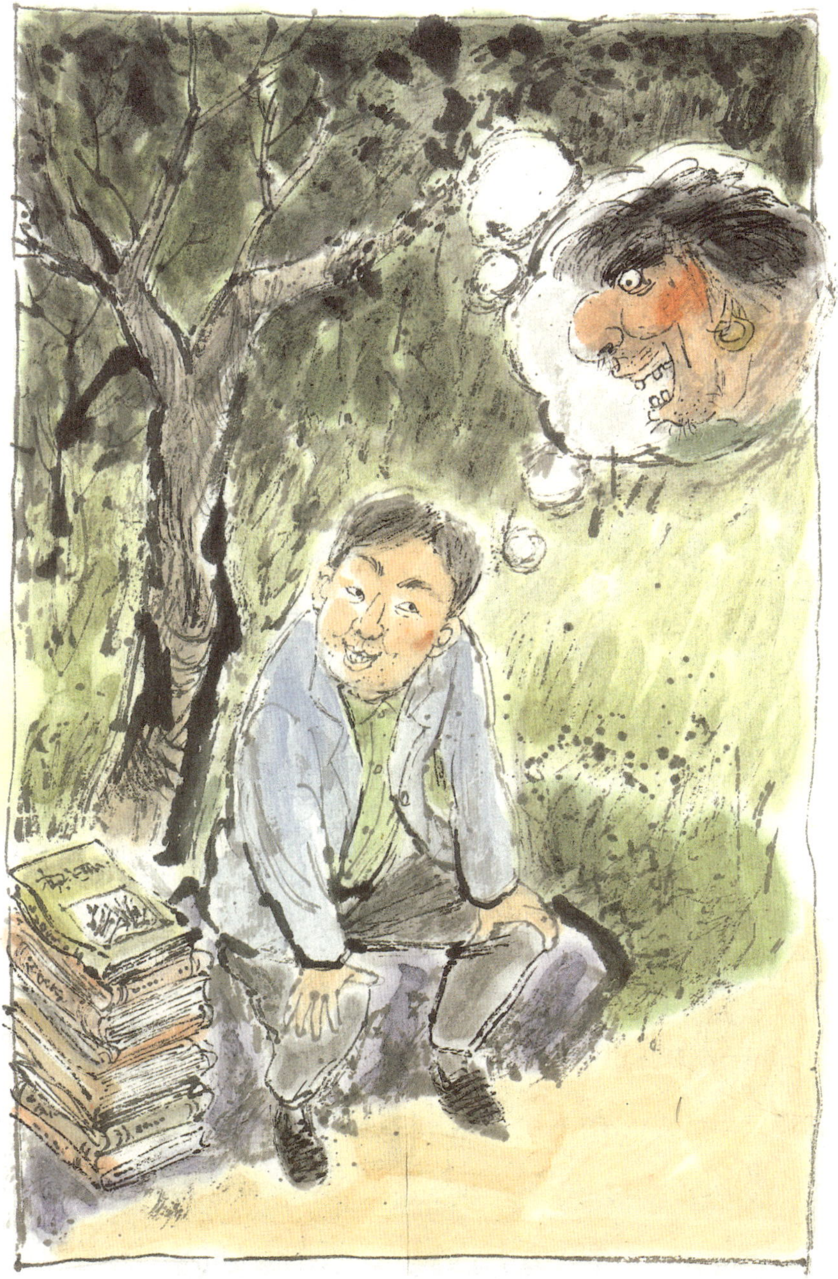

瞧瞧。"柜子精向学者走了过去。这时,他们从影子鬼还原成妖怪的模样。"哇!"学者顿时神色紧张,传说中的妖怪今天现身了?!

月色下,一块儿大石头似的身影挡在了学者的面前,伴着阴湿的凉风,一股腥臭味儿扑鼻而来。他的左右两侧还站着两个妖怪。"你胆还真够大的。哇哈哈……"从柜子精的喉咙里传来了阴险的笑声。"真被我猜中了。"学者拼命地控制吓得发软的两条腿不要再打哆嗦,"人们想要在这里盖房子,你们却在此不停作乱到底是何目的?""少废话,这里一直都是我们妖怪的地盘,我们的地盘听我们的,谁敢在这里盖房子,我们就给他们搞破坏!"柜子精扯着嗓子大喊道。"好吧,人哪能和鬼一般见识呢,我会给你们建一座漂亮的房子的。"学者终于平静下来了。"你给我闭嘴,少在那儿说风凉话,赶紧给我滚!"三个妖怪眼里露出了恶狠狠的蓝光。啊,不能招惹妖怪啊!

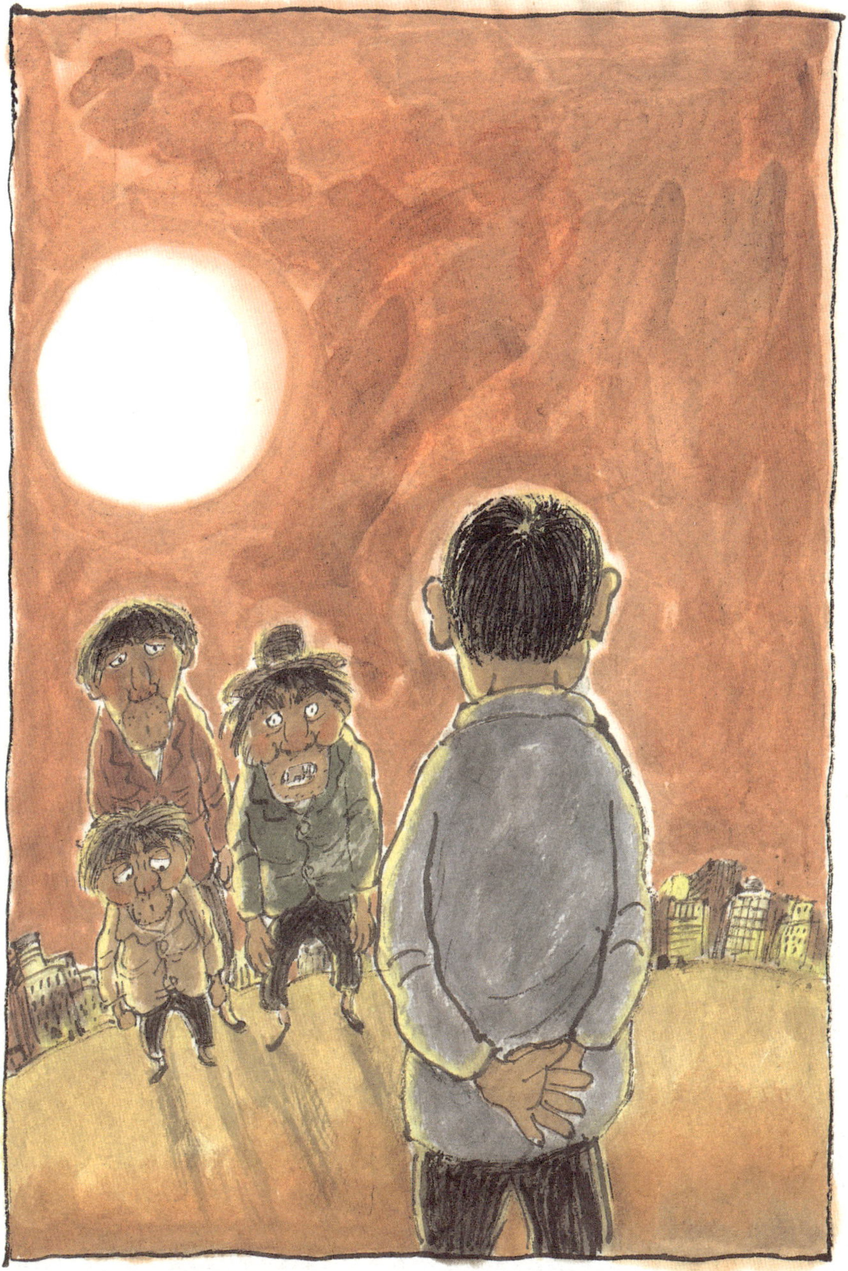

国际大奖小说

学者使劲地摇摇头,驱散心中的恐惧,心想:"不能招惹妖怪们啊,得试着哄骗一下才行。"学者灵机一动想出了一个好主意。"妖怪大人不是喜欢猜谜语吗,那我们用谜语一决胜负怎么样?""什么,猜谜?"三个家伙的脑袋凑在一起,窃窃私语,"好吧,如果你输了,就得乖乖把地让出来。""这也正是我想对三位妖怪大人说的话。""妖怪一言,驷马难追。"柜子精拍着胸脯说,接着扫帚精和笔记本精也随声附和着说"我们绝不反悔。""好,那我先出题了。你们猜我回去的时候,走这条路呢,还是走那条路呢?"学者指着前方的两条路问道。柜子精一时间哑口无言不能应答。学者心中窃喜。这时,笔记本精嗖地跳了出来说:"哈哈哈,你也太小瞧我们兄弟几个了。我们说你走这条路的话你就会说是那条路,我们说是那条路的话你就会说是这条路,我说得对不对啊?"学者顿时心里咯噔一下。看来雕虫小技还难不倒他们呢。

爱上读书的妖怪 056

책읽는도깨비

学者急得嗓子直冒烟，两条腿又开始打战了。这时，扫帚精说："这个太没意思了，再换一个吧。""换成什么呢？"学者疑惑地问。"什么都行，你来定。"妖怪们打赌从来就没输过，于是爽快地把决定权交给了学者。学者想了片刻，顿生妙计。"那我们就玩儿这个吧！我说一个句子的前半句，妖怪大人们接出后半句。""哈哈，这种小事就交给我们博学多才的笔记本精弟弟吧。"柜子精和扫帚精回头看了看笔记本精。"是，当然可以。"笔记本精得意地手舞足蹈："大哥，请您放心。什么问答都难不倒小弟我的。""好，那我们开始了。"柜子精自信满满地说。其实，学者心里还真有点儿担心。**学者真的能赢得过妖怪们吗？**

学者和笔记本精决定进行三轮比赛，哪一方先赢两轮，就拥有这块土地的使用权。此时，月光似乎将整个大地照得更亮了。"你先出题吧。"笔记本精身上那黄色的

057 爱上读书的妖怪

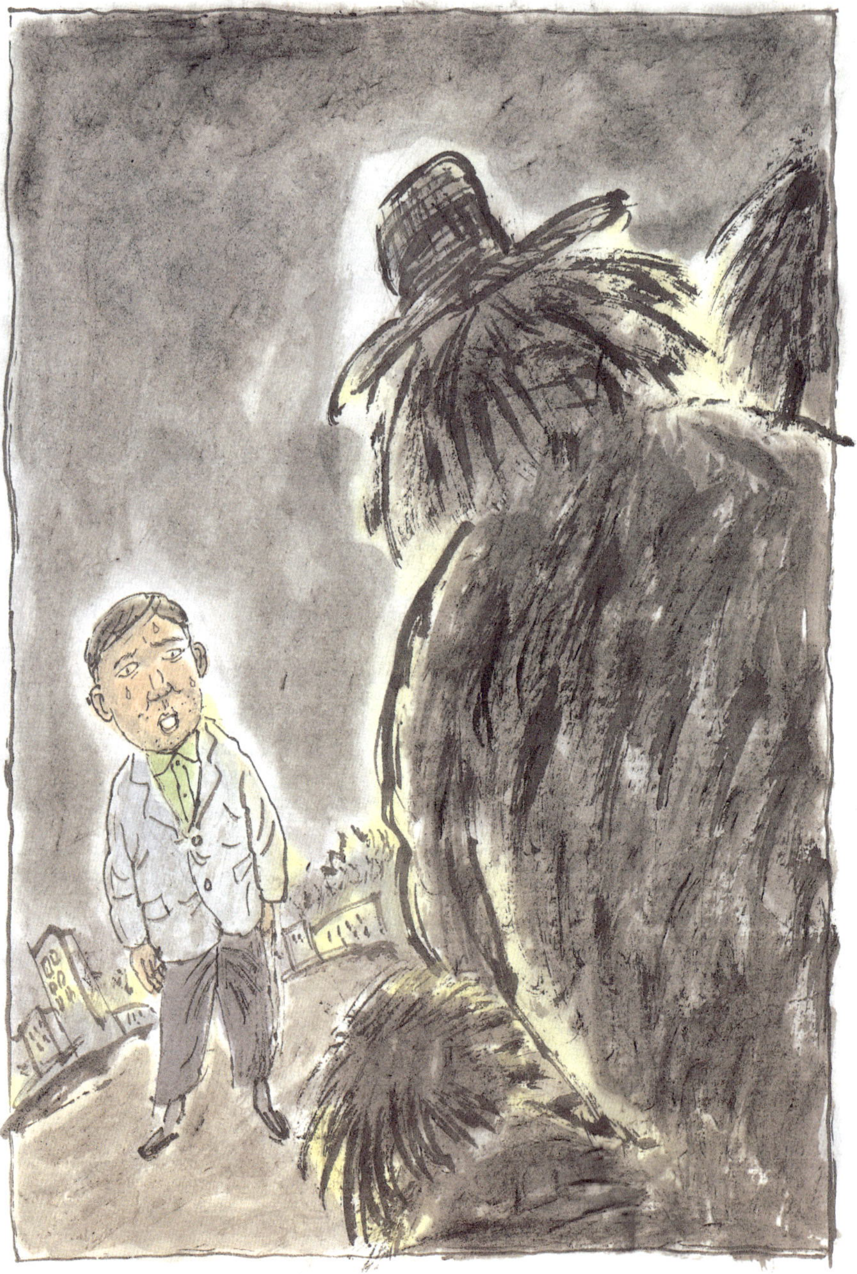

책읽는도깨비

纸哗啦啦地响。学者稍作思考,"好,我先出题,'人不通古今',请接出下半句。""这是什么意思啊?"笔记本精似乎没有听明白这句话的意思。"我说'人不通古今'下文是?"三个妖怪瞠目结舌,他们根本就不理解这句话的意思。"好吧,你把字给我写在这里。"笔记本精掏出泛黄的本子和签字笔。**妖怪也有签字笔?**

学者在本子上一笔一画地写下了"人不通古今"。看了本上的句子后,笔记本精眼前一片漆黑,他压根儿就不懂。"这是什么意思,赶快给我回答。"柜子精暴跳如雷。"大哥,我没见过这句话。"笔记本精羞愧地说。"什么,你不知道?"柜子精的声音更加野蛮起来,"你可以编个句子来对付他呀。""我哪有那本事啊。""那你要我把这块地拱手让给他吗?无论用什么办法都得把问题回答上来。"看到妖怪们慌张的样子,学者悬着的心总算放下来了。他优雅地抬头看了看天空的圆月,"妖怪大人们,

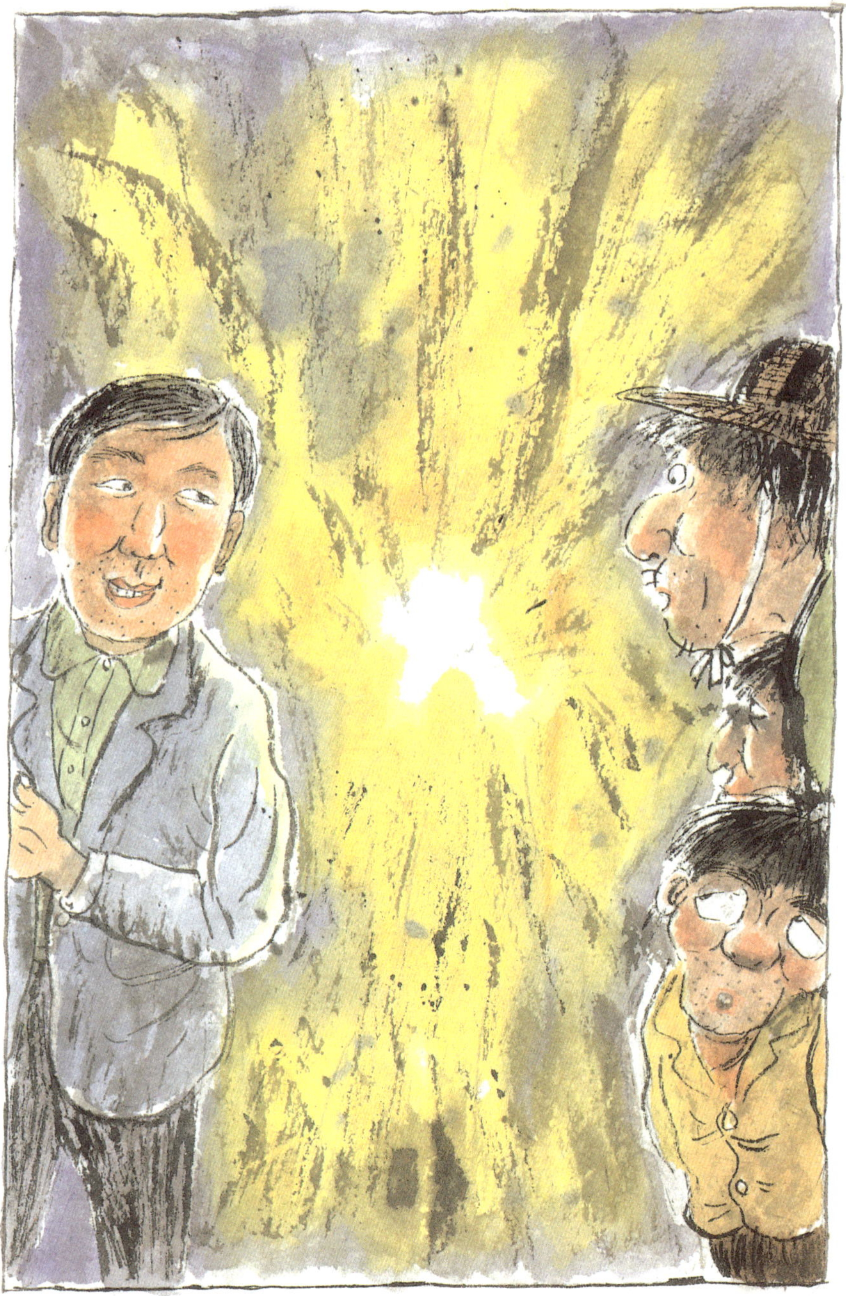

月亮落下去之前,你们可得回答上来啊。"天哪,让这几个妖怪回答这样的问题,真是太难为他们了。

061 爱上读书的妖怪

第五章

求助外援

三个妖怪脑袋凑在一块儿,叽叽咕咕了好一阵子。"你不是自称能识文断字吗,怎么连这个问题都答不上来呢?"扫帚精也在批评可怜的笔记本精。"我又没读过书,怎么能出口成章啊?""那你现在读不就行了吗?"柜子精又是一阵号啕大喊。"快点儿读!"扫帚精随声附和道。但是,此时的笔记本精却变得异常冷静:"时间还来得及,我们可以向别人求助。""去问谁呢?""我会找到的。"说罢,笔记本精消失在一条灯火通明的街道深处。

那你现在读不就行了吗?

虽然已近深夜,但是街道上还是人来人往。"我该去问谁呢?"正在这时笔记本精看到一个背着重书包的女学生走过来。"她肯定学习很好。"笔记本精就向女学生走过去。哎呀,善良的学生,你可不能被妖怪迷惑了呀。

063 爱上读书的妖怪

国际大奖小说

"请问你是学生吗?"笔记本精很温柔地打了声招呼。"是的。"女学生应声回答,并停下了脚步。如果妖怪施魔法的话,无论是谁他们问什么就回答什么。"你知道谁比较爱读书吗?"笔记本精以老师的口吻问。"你说的是什么书啊?""哦,这个嘛……像'人不通古今'这样的……""这类型的书好像有点儿难啊。"女学生想了一会儿,"啊,世宗大王嗜书如命,读书读得废寝忘食。安重根义士也是'一日不读书,如喉中卡刺'。""世宗大王,安重根义士,他们现在在哪里啊?""在哪儿?"女学生用惊奇的眼光看着笔记本精。"你为什么这么吃惊啊?""他们都已经去世好久了。""啊,这样啊,那正好。"

笔记本精给了女学生一个礼物以表谢意。"咦,这是什么呀?"女学生做梦似的低头一看,手里有个笔记本的钥匙串。但是为什么隐隐地有一股腥臭味儿呢?

笔记本精又问了几个问题,就匆忙赶回去了。"大

像"人不通古今"这样的……

这类型的书好像有点儿难啊。

哥,我知道去问谁了。""谁啊?""问世宗大王和安重根义士的话他们肯定知道。""我们三个必须一起去一趟才行。""为什么?""因为他们二位都已经死了。""这样啊,如果都是鬼的话,岂不是更容易沟通?"说走就走,三个妖怪骑上魔法扫帚消失在了月夜里。去哪里呢,当然是去世宗大王陵啦。不一会儿,他们就到达了世宗大王陵。"哇,好大呀,实在是太大了。""嘘,小声点儿!"柜子精恭敬地趴在世宗大王陵前:"大王陛下,我们几个小妖来给您请安了。"这时,好像从陵里传出什么声音来。

三个家伙蹑手蹑脚地往陵墓里面走去。突然,他们惊愕地睁大了眼睛。书书书书书书书书书书书……周围摆放的全是书。浓郁的书香味儿扑面而来,瞬间掩盖住了他们发出的恶臭。"大王陛下!"三个妖怪立刻跪在大王面前。大王正戴着厚厚的眼镜专心看书呢,容颜十分清晰而安详。"你们几个小鬼到我这儿来,所为何事

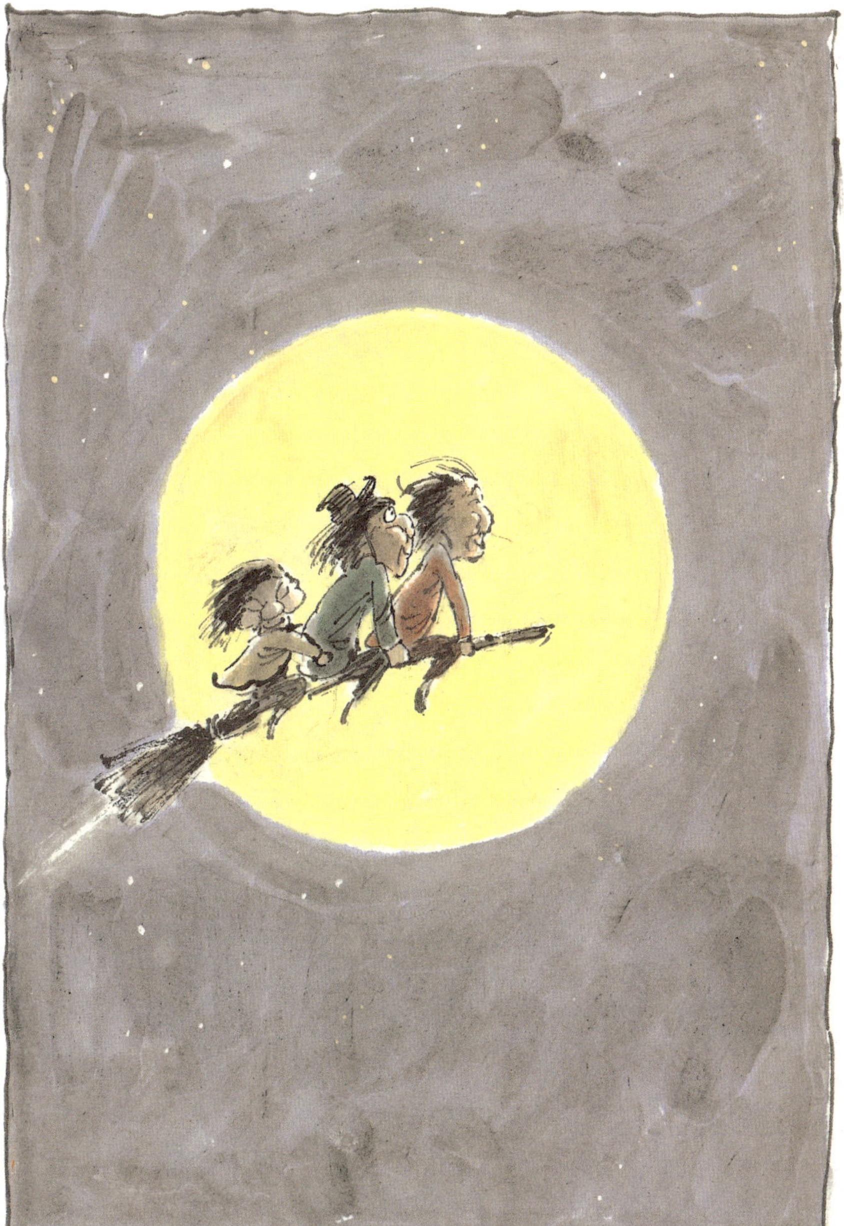

啊?"大王很和善地问道。"我们是来向您请教一句话的。""什么话?""'人不通古今',这句话的下文。""呵呵,这可是个好句子啊。但是你们应该通过看书找答案,而不是问别人啊。""以后我们一定会学着认字,读很多书的。""好,你们能做到这一点的话我就告诉你们答案。"三个妖怪和大王约定要好好儿读书。**果然是妖怪之间的交流,不用废话就能轻而易举地搞定啊。**

大王磨了一会儿墨,一股浓浓的好像焚烧树叶似的味道扑面而来。大王拿起毛笔写下了几个字——**马牛而襟裾**。大王把写好的字交给了柜子精。"光给人家几个字看就完事了吗?这几个字怎么念呢?马牛而襟裾。"笔记本精跟着念了一遍并飞快地记在了本子上。"大王陛下,您的恩德我们没齿难忘。"三个妖怪又一次给大王深鞠一躬。"呵呵,我也有事要拜托你们呢。帮我买几本书吧。"大王把书的名字写在纸上交给了三个妖怪,"《眼睛

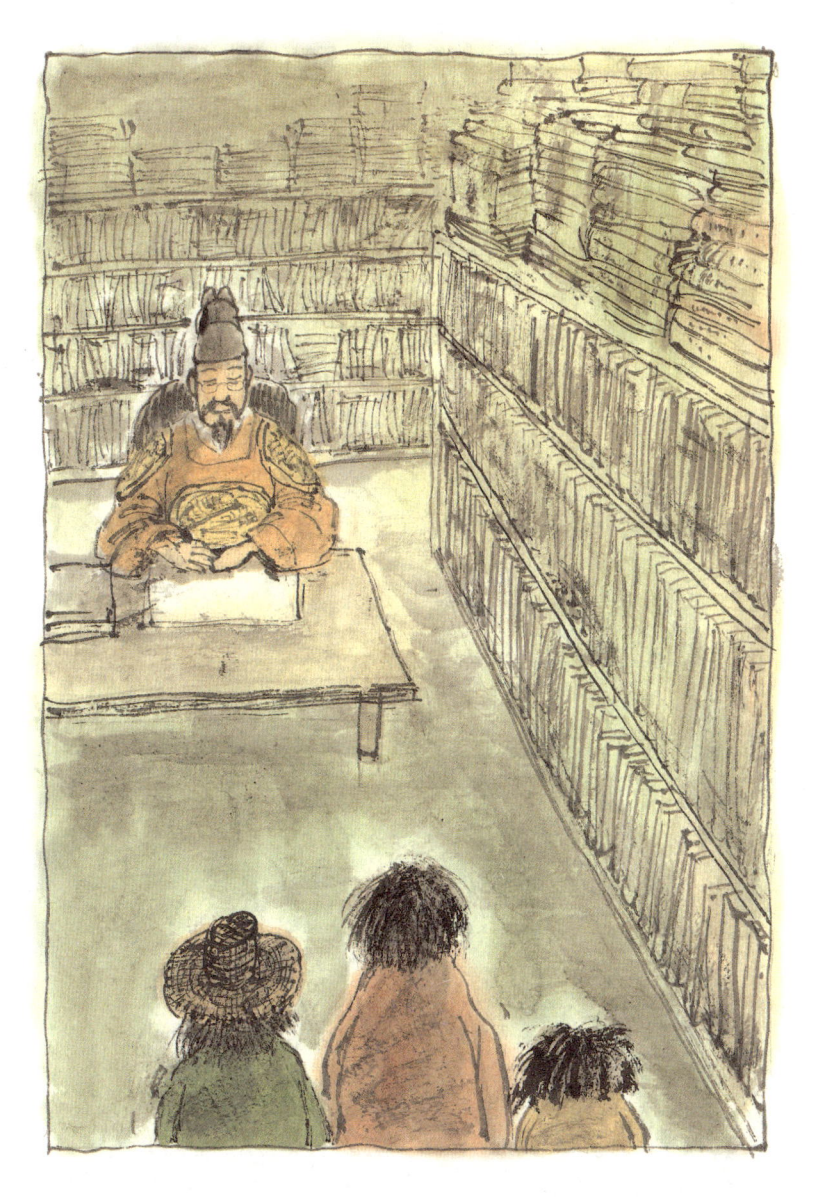

的重要性》、《与小星星牵手》、《读书的圆咕噜》,这样的

书可以买到吗?"

069 爱上读书的妖怪

国际大奖小说

　　大王从一个小钱柜里拿出了几枚黄色的铜钱，"这是书钱。""不，不用了，我们有很多钱的。""你们有很多钱？""不……勉强过日子的钱还是有的。""这样的话，买几本书还是不成问题的吧？""是的，大王。但是要在哪里才能买到呢？""瞧我，把这倒给忘了。"大王又在纸上写了几个字——**书店、书库、书屋**。凡是招牌上写着这些字的地方都能买到。"我们一定会把书给您买回来的。""那你们现在可以走了。""是，大王陛下。但是我还有个问题。"笔记本精看了看书架上摆放着的书说。"什么问题？""您这里的书大约有多少本啊？""有一万零几本吧。""什么？这么多！"三个妖怪吃惊地张大了嘴巴。**世宗大王可以算是韩国最有名的藏书家了。**

　　三个妖怪骑着魔法扫帚在云雾中穿行着。月亮探着脑袋，还有月晕呢。等他们回来的时候，发现学者依然直挺挺地站在原地。实际上他们来回都还不到一个小时

책읽는도깨비

呢。"哈哈,我们找到答案啦。""是吗,说说看啊。"柜子精神气十足地把写着答案的纸条给学者看。"这句话就是答案。"看到这几个字后学者大为震惊。"这可不是一般人能写出来的字啊……"学者不停地摇头,好像中了妖怪的咒语似的。"请你们来读一下这几个字吧。""他说是'马牛而襟裾'。"旁边的笔记本精一个字一个字地读出来。"'他说'?你的意思是听别人说的这句话吗?""那又怎样?只要我们答对了不就行了?"三个家伙趾高气扬地说。"好,算你们回答对了。那请说一下这句话的意思吧。""意思?这个我们不知道。"哈哈哈,连意思都不知道的话,还算什么答案啊!

"又不是我自己写的,是别人告诉我的,我怎么可能知道它的意思呢。"笔记本精心里不禁咯噔了一下,"只不过不知道这句话的意思而已,我们可不认输。你不是说只要接出下文就可以了吗。""不是的,应该懂得这句

071 爱上读书的妖怪

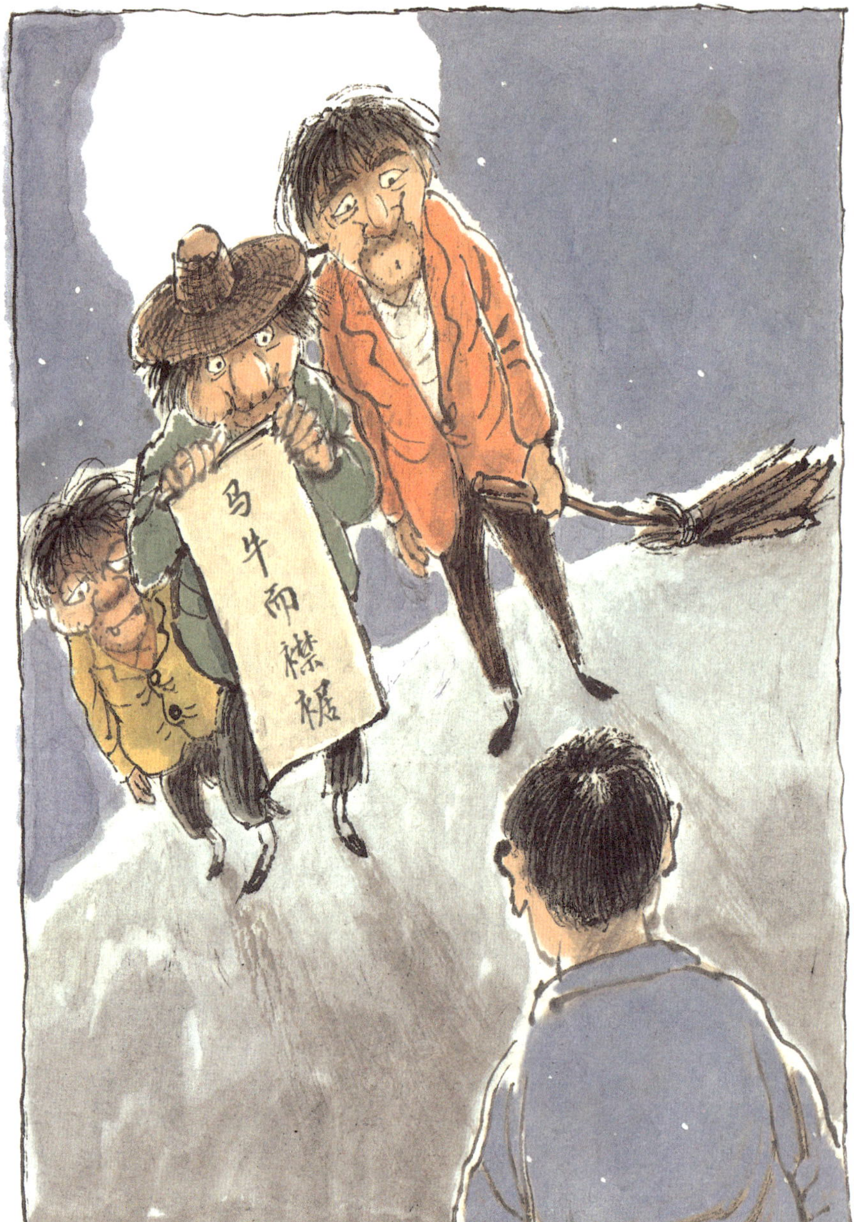
马牛而襟裾

책읽는도깨비

话的意思,才算是真正回答出问题了。"正当笔记本精不知所措的时候,柜子精站出来说:"你出句子的时候,不是也没解释过上文是什么意思吗?"这时学者也意识到了自己的失误。看来这几个妖怪也不是泛泛之辈啊。"好吧,那我说一下我上半句的意思。'人不通古今'是说如果人不知道古今的事情的话。现在轮到你们告诉我下半句的意思了。"学者催促着说。三个家伙顿时被问得哑口无言。这下怎么办呢,总不能再去找世宗大王。

三个窘迫的妖怪嗟然长叹。"事到如今,只能按世宗大王说的,多读点儿书了。"对于笔记本精的'没办法的办法',柜子精也只好表示认同。"就按大王的意思去做吧。"扫帚精和笔记本精随声附和着。于是,柜子精对学者说:"我们第一次打这样的赌,要回答上来实在很难。你就再多给我们点儿时间吧。""好吧,在明晚八点前你们务必回答出来这句话的意思!"学者爽快地答应了他

们的请求。人不通古今,马牛而襟裾。很好奇这句话的意思吧?

第二天,三个妖怪很早就上街了。想要知道后半句话的意思,就得读很多书。除此之外,他们还要给世宗大王买那几本书。

三个妖怪开始找大王写在纸上的那几个地方:书店、书库、书屋。但是他们始终没有看到写着这几个词的招牌。"世宗大王分明说过这里有很多书店的,对吧?"笔记本精一脸疑惑地问,"大王他老人家一直在墓穴里窝着,不知道外面的世界已经发生了很大的变化。"听了扫帚精的话,柜子精摇头说道:"也许大王说得对呢。"但是他们找了大半天,也没看到半个书店的影子。"唉,不行了。还是找个人问问吧。"妖怪们无论再怎么变成人的模样,看起来也不是那么和善的。从他们大步流星的走路姿势和身边那嗖嗖的风声,就知道了。他们那红彤彤的

脸颊上长满了毛,嗓音听起来也很沙哑。但是面目丑陋也不是他们的错。他们不过想知道哪里有书店,所以人们还不至于吓得仓皇逃跑。

075 爱上读书的妖怪

三个妖怪上了33号地铁线,并在空位上依次排开坐着。笔记本精问了好几个人后,终于打听出了一个大型书店的位置,他们正在去那儿的路上。"天哪,看他们长得多奇怪啊。"车上的乘客不时发出这样的惊叹。三个妖

怪困得不停地打哈欠,他们本来是白天睡觉的。当他们打哈欠的时候,嘴巴里发出让人无法忍受的臭味儿。他们僵直地坐在座位上,眼睛直视前方,想:"一定要给大王买到想要的书。"

国际大奖小说

列车终于到站了,他们下车后看见指示牌上写着"**通向××书店**",于是就按箭头指示方向走去。一进书店,三个妖怪顿时傻眼了。哇,书书书书书书书书……琳琅满目的书,还有熙熙攘攘的人群。他们感觉像是到了另一个世界一般。这些人都是书虫。

三个妖怪偷偷看了一下人们的脸,个个慈眉善目,脸上洋溢着笑容,跟世宗大王的表情一样温柔而又和善。他们穿梭于人群中,随便拿起本书来看看又放下,好像必须这样做似的。柜子精和扫帚精甚至连书都拿反了,他们很努力地找寻答案,一页一页地翻看,还时不时地自言自语,点头微笑。但是,这么多书,要找到答案并买到世宗大王要的书得猴年马月啊。笔记本精朝书店的管理员径直走去,因为他对这里的书都了如指掌。"请问,您这儿有这几本书吗?"笔记本精把写着书名的纸条交给了管理员。管理员点点头很快就把书找了出来。"原

책읽는도깨비

来是这几本啊!"三个家伙都争着去拿。管理员笑了笑，给了他们每人一本。三个妖怪觉得能买到大王拜托的书，实在是件很自豪的事情。妖怪们现在体验到了两件高兴的事情：一件是第一次来到书店，另一件是完成了世宗大王交给的任务。

"您这儿有这本书吗?"笔记本精把另一张纸条递给管理员。"人不通古今，马牛而襟裾?这好像不是书的名字啊，请稍等一下。"管理员敲了敲电脑键盘后说："顾客您好，没有找到这样的书，您知道书的名字吗?""名字?我不知道。""如果知道书名的话，很快就可以检索到的。"柜子精郁闷地捶打着自己的胸膛。"不光要知道问题的下文，还得知道下文的意思，这次又得知道书的名字。怎么这么麻烦啊!"笔记本精忍不住笑出声来，"如果我们早就爱读书的话，也不至于到今天这步。""那我们读不就行了吗?""我们又不识字。""学不就行了吗?"柜

一起读书吧

子精整个脸都气紫了,歇斯底里地喊着。"好吧,从今天开始我们读书!""好,一起读书。"另外两个妖怪随声附和着。书店里的人也像被鬼附了体似的,跟着喊:"**一起读书吧!**"声音响彻整个书店。

三个妖怪拿着书去找世宗大王。大王依然戴着眼镜在那里读书,还不时擦拭着眼角的泪滴。看到这情景,笔记本精似乎知道大王为什么喜欢读《眼睛的重要性》这本书了。"大王,您要的书我们给您买回来了。"柜子精打开包袱将书呈上。"谢谢,你们的速度可真快啊。"大王看到书高兴得像个孩子似的。"大王陛下,您就那么喜欢书吗?""当然啦,书籍比我每日吃的饭都重要呢。"笔记本精想起那个女学生说的话——世宗大王嗜书如命,读书读得废寝忘食。"原来是真的呀。""像我们这样的妖怪也能买到书,想想都高兴呢。"柜子精压抑不住心中的那份喜悦。"呵呵呵,看来你们此行受益匪浅呀。除了去书店买书,是不是还有一件事也令你们很高兴?""是什么呢?""读书的乐趣啊。"柜子精点点头。

柜子精头脑里又浮现出那些看书、买书的人的眼神。"是的,大王。我们也决定要好好儿读书啦。"世宗大

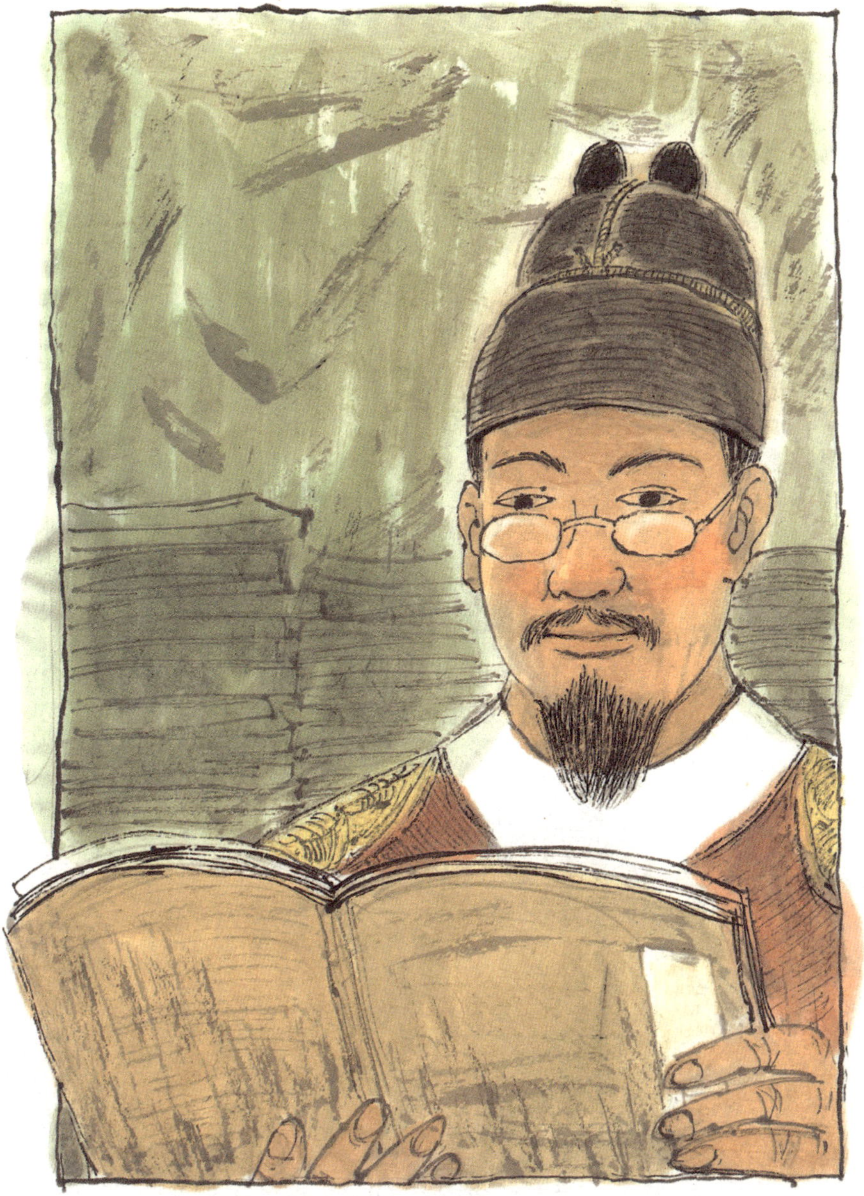

国际大奖小说

王静静地看了看面前的三个妖怪。"太难得了,你们居然想要读书。我要给你们一本书作为礼物。"大王随即起身。真不知道大王到底读了多少书啊,连背都弯了。他从书架低处拿出一本厚厚的书,"你们读读这本书吧。"柜子精双手接过书,激动得全身都在抖,就连那钢铁般的心也开始颤抖了。大王要他们读的是什么书呢?"以后我会经常拜托你们帮我买书的。""您随时吩咐,我们随叫随到。"说罢,三个妖怪谢了世宗大王,匆匆离开了。

第六章

书 的 魔 力

等到三个妖怪回来已经八点多了。看来已经错过了约定的时间。令他们吃惊的是,学者还站在昨天的那个地方等着他们。"妖怪大人们好像迟到了。""是的,对不起,我们迟到了。"学者惊讶地睁大了眼睛,他在怀疑自己的耳朵是不是听错了。因为妖怪的说话语气竟如此礼貌。"这次比赛我们输了,不需要再比下去了。这块地是您的了。"柜子精说道,扫帚精和笔记本精也附和着:"这块地现在是您的了。""你们说的是真的吗?""我们妖

怪可是言出必行的。"说罢,三个妖怪酷酷地掉头离开了。学者使劲拧了一下自己的胳膊,"哇!好疼。人居然能赢了妖怪。他们可能是找到更好的地方盖房子了吧?"**学者究竟要在这里盖什么样的房子呢?**

虽然圆咕噜和哲洙仍然会来柳树洞附近转悠,可是柜子精决定不搬家了。即便圆咕噜闻到了腥臭味儿,哲洙发现了树上的窟窿,但他们也未必会想到这就是妖怪的家。可是,如果他们发现了洞里堆积的钱的话会怎么样呢?

"我们可不能没有这些钱……"钱虽然是好东西,但是为什么抱着这么多钱还会莫名的不安和焦虑呢?即使把钱藏得很严实,还是担心钱会被谁抢走。不用的话,又担心钱变成一堆废纸……柜子精一想起钱,心里就扑腾扑腾地乱跳。无论在吝啬鬼老头儿家仓库的时候还是在村口柳树下的时候,也偶尔有过这种想法,但现在看来

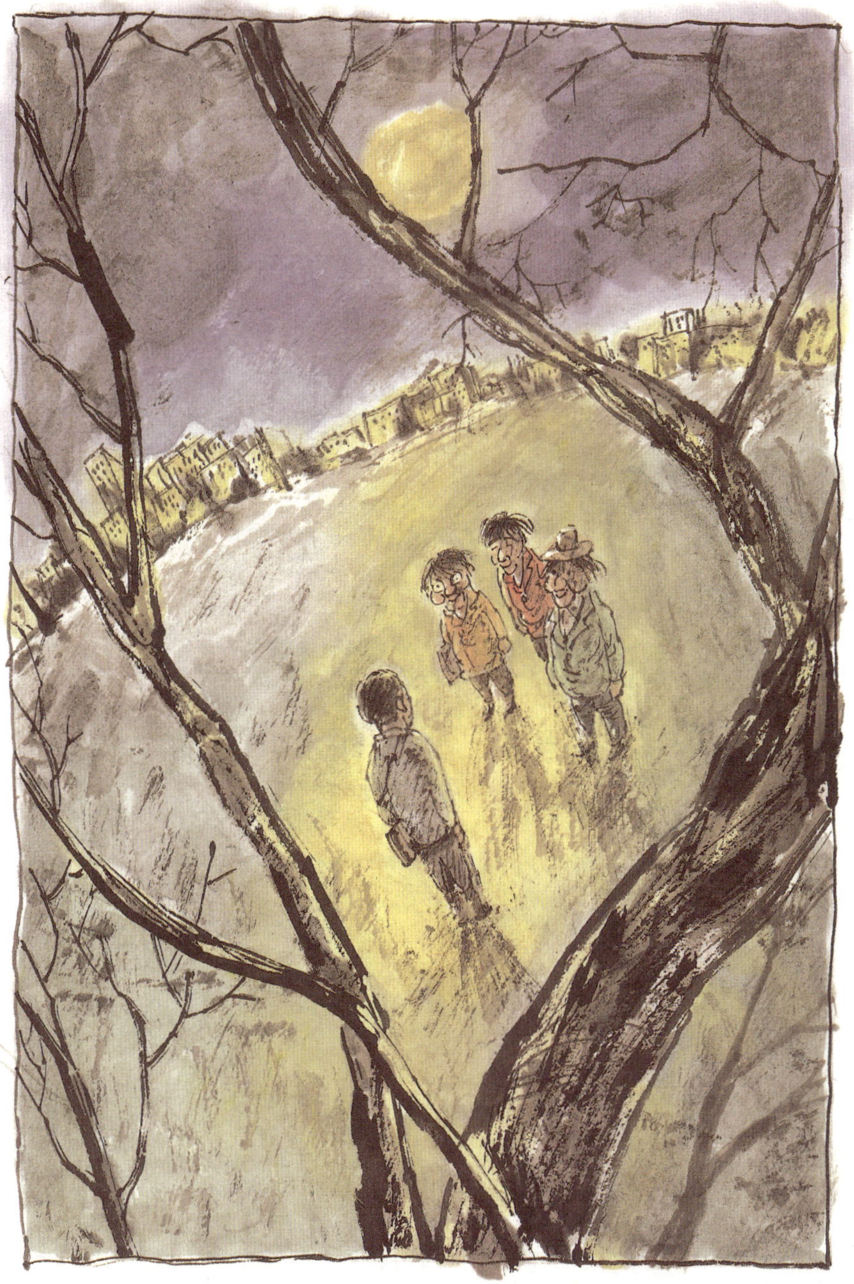

钱真的变成一个非常棘手的问题。"钱钱钱,现在就是一个包袱,一个累赘。"没钱也担心,钱多了也担心!

책읽는도깨비

三个妖怪在柳树洞里一动也不动。他们在干什么呢，这么安静？原来笔记本精在教柜子精、扫帚精识字呢。两个妖怪尽最大的努力来学习。笔记本精想看一下大王给的那本书，但是连第一章都没读完就被叫走了。因为柜子精嚷着要快点儿学，然后自己先读这本书。柜子精的学习已经达到了忘我的境界，无论白天黑夜，不睡不吃，整天只知道开口练发音，眼里的蓝光一直在闪。

你们要好好儿学习啊，加油！

两个妖怪终于学会认字了。笔记本精想测试一下他们的水平，"大哥，请大声朗读一下吧。"柜子精兴奋地抓起书清了清嗓子，大声地读起来："《明心宝鉴》是一本让人敞开心扉的书，是一本照亮心灵的书，是一本如同魔镜一般的书。"柜子精一字不错地读着。"哇，大哥真厉害。"笔记本精给出鼓励的掌声。柜子精也炫耀似的抖了抖肩，现在的他已经今非昔比，一旦文字从嘴里进出来，

就停不下来了,如同被魔法牵引着,就连早先拿捏不准的发音也能被抑扬顿挫地读出来了。听到自己读书的声音,柜子精心里美滋滋的。"种瓜得瓜,种豆得豆。"柜子精完全陶醉在读书的乐趣当中。这些妖怪们,终于尝到读书的甜头儿了。

一大早,扫帚精和笔记本精就去书店买回来一袋子的书。他们把买来的书密密麻麻地挂在两边的树枝上。扫帚精读的是《一个倔脾气的一天》,笔记本精读的是《仁君世宗大王》,因为他一直对发生在世宗大王陵里的事情回味无穷。扫帚精读着读着,就会忍俊不禁。书中的这个倔脾气的家伙每件事都爱钻牛角尖,到头来深受其害。看着这个倔脾气做的窘事,扫帚精幸灾乐祸,但又为他深感惋惜。柜子精完全被《明心宝鉴》给迷住了,他煞有介事地读着,听上去很流畅。突然,他大声喊道:"我知道答案了。""什么,知道什么了?""这儿有一篇文章叫'谨

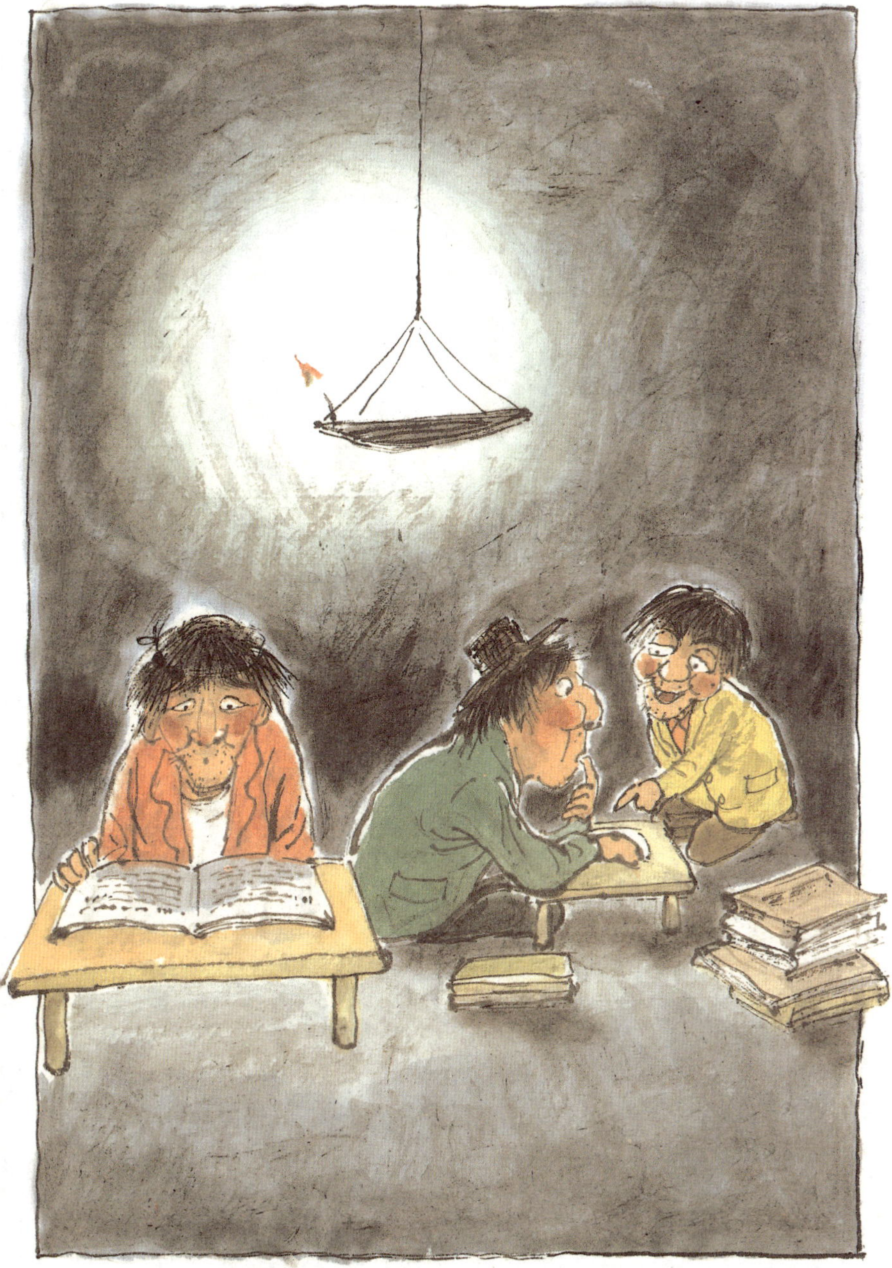

学篇',上面写着'人不通古今,马牛而襟裾',这句话的意思是说'人不知道古今历史的话,就如同马和牛穿人的衣服一样。'""大哥,通过您的苦心自学,我们终于明白这句话的意思了。"三个妖怪紧紧抱作一团,他们为自己能找出问题的答案而高兴。从此以后,三个妖怪更加爱读书了,争先恐后地抢着读,无时无刻不在读,朗朗的读书声总是从他们的家里飘出,让我们来看一下他们读的什么书吧。

柜子精:

《心灵鸡汤》、《话说小学》、《在树荫底下写的信》、《微笑每一天》、《上帝的抚慰》、《腿疼的时候歇会儿再走》,现在正在读的是《侧耳倾听》。

扫帚精:

《迷途徘徊时,会柳暗花明吗?》、《不被蚊子叮的秘诀》、《下雨天午休》、《三十三种橡子布丁的做法》、《十块

책읽는도깨비

钱也是钱》,现在正在读的是《人们为什么称走路为运动呢?》。

笔记本精:

《与妖怪做朋友的人们》、《大地和泥土的区别》、《变成皮鞋的鳄鱼和黄牛》、《蜉蝣吃什么?》、《韩语的诞生》、《橡树、橡子和松鼠》,现在正在读的是:《奶奶亲手做的饭团》。

这里的很多书连那些书虫们也没读过。

月末的一个傍晚,突然淅淅沥沥地下起雨来。三个妖怪放下手中握了很久的书准备出去散散步。他们很好奇那个学者的房子盖得怎么样了。"去那里看看吧!"来到那块儿风水宝地后他们不敢相信眼前看到的:这儿还是一片荒地,什么都没有。"他为什么不动工呢?""对啊,就这样放着的话,这块风水宝地太可惜了。"妖怪们百思不得其解。"大哥,我们再把这块儿地买回来吧。""对,建

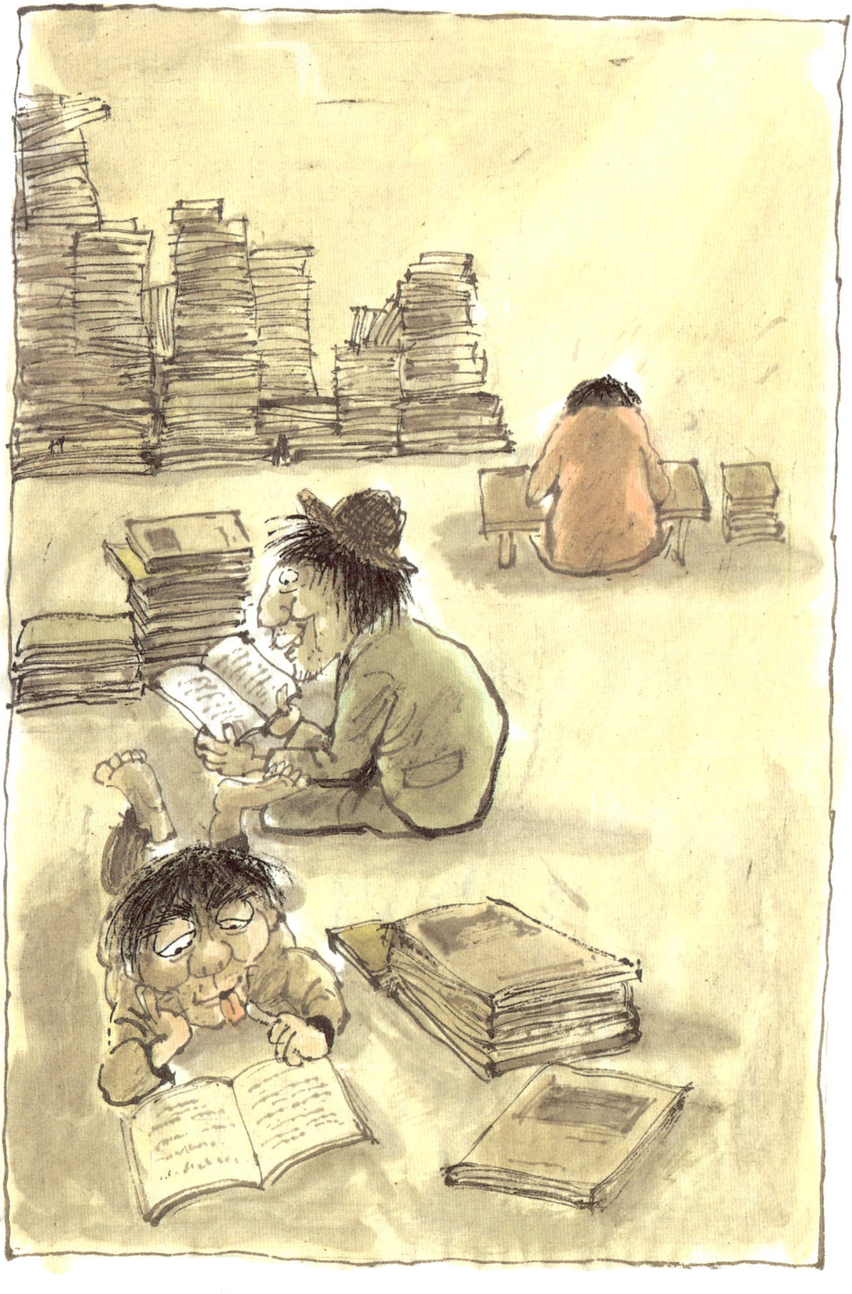

책읽는도깨비

一所很大的房子，里面放很多书，我们就可以舒舒服服地在里面读书了。"柜子精点了点头说："先去打听一下他为什么把地荒着。"

第二天，扫帚精和笔记本精去了趟书店，打听到了学者的消息。"听说那个学者因为缺乏资金而不能盖房子。""没钱？他要盖什么样的房子啊？""说是要建一座图书馆。""图书馆，那是干什么的地方？""是看书的地方。""看书的地方？"他把学者好不容易攒钱买了这块地，想要建图书馆，但是盖房子的钱还没攒够的事情一五一十地告诉了柜子精。

又过了一天，三个妖怪一起去了图书馆。"哇，这里这么多书，还有好多人呢。"

这里还有好多小孩儿，孩子们正忽闪着明亮的大眼睛津津有味地读书呢。"呵呵，好可爱的小家伙啊。"柜子精跟一个小孩儿搭讪道："小朋友，你在读什么书啊？""童

国际大奖小说

话书。""这本书有意思吗?""很有意思。""讲的什么故事啊?""妖怪的故事。""什么?妖怪的故事……那有意思吗?""当然了,妖怪们还搬运石头和动物便便呢,呵呵呵。"柜子精听了之后差点儿"啊"的一声喊出来。"不对啊,你怎么知道我们把石头和动物粪便……"柜子精背后直冒冷汗,他赶紧使了个眼色,三个妖怪迅速撤离了

책읽는도깨비

图书馆。

"我们做的那些事儿竟然都写在了书上。"柜子精在小声嘟囔着,"原来书上什么都有,难怪大王陛下嗜书如命啊。"另外两个妖怪很费解,问:"大哥,你说什么在书上都有啊?""所有的东西都有,打赌的那后半句话的意思也有,关于我们的那些事儿也有,连'撒动物粪便'的消息也有呢。我发现,只要有书,万事不难。书既蕴含知识,又让人心情开朗。多读书还会心里踏实,不再焦虑……"然后柜子精转身把藏在角落里的那些空口袋拎了出来,"咱把钱都放到这些袋子里去吧。""为什么呀?""别问那么多,给我使劲儿往里塞。"钱一共装了六个大袋子。沐浴着夜色,三个妖怪每人背着两个钱袋子,大步流星地向风水宝地走去。"学者先生,请您用这些钱建一座气势雄伟的图书馆吧,一定要建啊!"说罢,他们丢下钱袋子就回来了。看来学者今天晚上能做个好梦了。

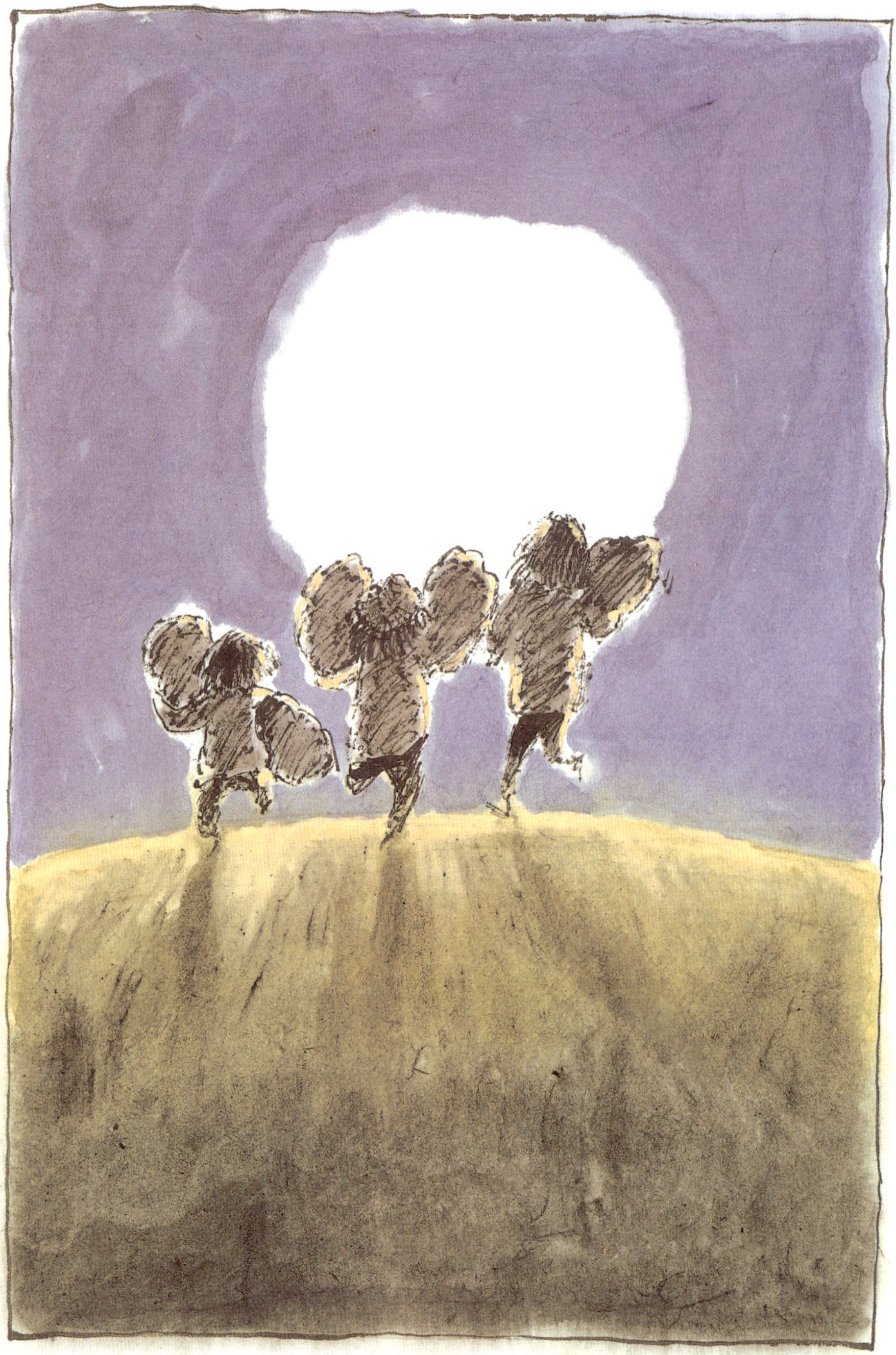

책읽는도깨비

一座雄伟的建筑物在风水宝地上开始建设了。学者呕心沥血地操劳着,每当夜深人静的时候,他就会对着潮湿的空气说:"妖怪大人,是你们吗?"但是每一次都没有应答。"谢谢你们,因为'石头风波'我低价买到了这块好地,现在又给我钱让我盖图书馆……这些都多亏了你们三位,妖怪大人,我真心地感谢你们。"图书馆好像得到了妖怪们的法力似的,很短时间内就落成了。学者在建筑顶层特意建了一个木制的小阁楼,用蓝色的树枝装饰着,色调有点儿阴冷。能猜出来这个阁楼是留给谁的吗?

今天是图书馆挂匾的日子。图书馆的名字到底是什么呢?学者把盖在上面的布扯了下来——爱上读书的妖怪图书馆。图书馆的名字还真好玩儿,看来这里有很多好看的书啊。何止这些,这里还会有三个爱上读书的妖怪出现呢。各位,请到"爱上读书的妖怪图书馆"参观一

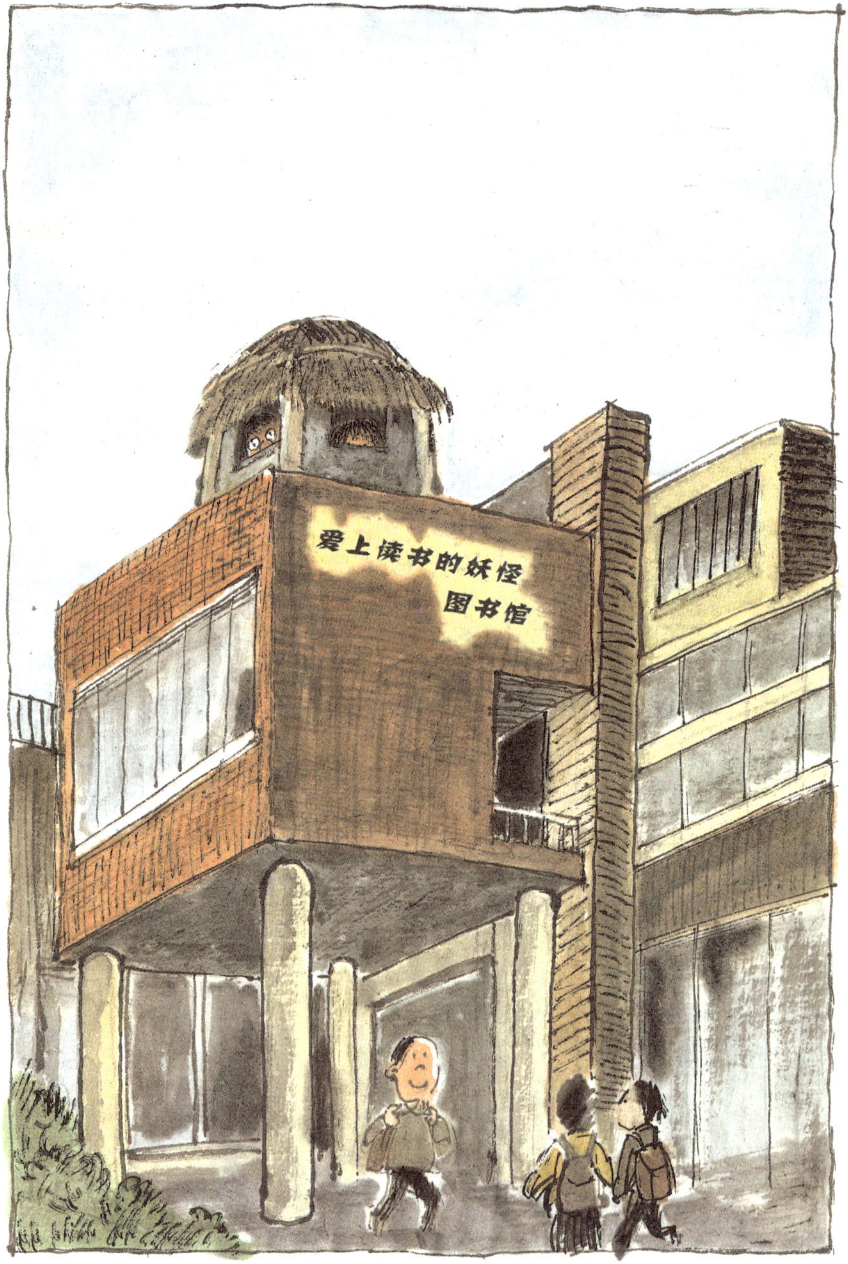
爱上读书的妖怪
图书馆

책읽는도깨비

下吧。说不定在某个角落里,真的会看到妖怪呢。如果你闻到一股潮湿的味儿,或者看到书自己在翻动的话,那肯定是妖怪们在看书。那时,可不能随便和他们握手哟。

"嘎!嘎!嘎!"妖怪们无论心情好坏,都是这么笑的。"嘘!请遵守图书馆秩序。**安静!**"

嘎! 嘎! 嘎!

作者简介

李相培
이상배

儿童作家李相培，对妖怪系列的故事很感兴趣，发表了很多以妖怪为主人公的童话作品。曾出版过《妖怪爸爸》、《去上学的小妖怪》、《妖怪三侍郎》、《哈哈，我是妖怪》等一系列妖怪童话集，以及《阿里郎》、《变成星星的草筐》、《泪花》、《爸爸的过去》和《花儿的蝴蝶梦》等童话。曾获得过韩国文学奖、韩国儿童文学奖、方正焕文学奖、李周洪文学奖、东里文学奖、韩国童话文学奖等。

창작초의
爱上读书的妖怪

充满魔力的书籍

在我上小学三年级的时候，班上来了一位新老师，第一节课他就给我们讲了一个故事。

故事的主人公是孤儿莱米和卖唱老人比托里斯，还有一条狗和一只猴子，主要讲的是关于他们的流浪生活。莱米终日过着饥寒交迫的日子，迫切地渴望有一天能见到自己的妈妈。第二节课的时候，老师又讲了个"流浪的天使"的故事，故事讲完后全班的同学哭成了一片泪海。那是我第一次强烈地感受到书籍给我们带来的心

책읽는도깨비

灵震撼。

那时，大家都没有这么多书，再加上身在贫穷的乡下，我们更是无力购买书籍。可是老师家里的书架上却放着很多童话书。

每天放学，我都会一口气跑到老师家里借书看。休息时看，走山路时看，吃饭时看，放牛时看，割草时看……晚上，趴在昏黄的油灯下我会一直看到鼻子被熏得黑黑的，感觉像是着了魔似的。

天国就像一座美丽的图书馆。

书真的这么神奇，充满魔力吗？

这么饶有趣味的书籍是从哪儿来的呢？

书中的故事都是谁写的呢？

还有，是谁造的书呢？

我的脑袋里充满了无数的问号。

为了诚挚地感谢陪我度过金色童年，给我梦想的这

国际大奖小说

　　些宝贵的书籍,我特意写了《爱上读书的妖怪》这本书。希望每一个人,无论何时何地,都能以书为伴。

　　书中无论是利欲熏心的吝啬鬼老头儿,还是只知道存钱的柜子精,最后他们攒的这些钱都用来买书了。请想象一下,世宗大王在去世以后仍然戴着眼镜读书的模样吧,是不是感受到书的魔力了?!

　　如果一个人从小就喜欢上读书的话,这将是件多么幸福的事情啊!

李相培
2008年10月

"外延"与"内涵"

张子樟/中国台湾青少年文学评论者

人们在讨论一本书的优劣时，常因各自的教养、背景、专长的差异而有所不同，但真正的好书是不会寂寞的，因为它总会拥有大家公认的优点而脱颖而出。讨论《爱上读书的妖怪》这样一本好书，我们不妨从几个不同的角度来评析，让读者更能体会出一本好书究竟好在哪里。这些角度包括作品的功能、作品的欣赏层次以及其外延与内涵意义的呈现。

专家学者认为，优秀的读物应具备提供乐趣、增进了解与获得信息这三种功能。本书的作者李相培不想卖弄叙述技巧，纯粹扮演"说书人"的角色，在讲述

国际大奖小说

时,不时地跳出来用有趣的文字调侃一番,增加全书的趣味性。在提供乐趣的同时,作者让柜子精、扫帚精、笔记本精在开始时不断地捉弄别人,这些动作并不讨巧,而是故意安排和后面的文字进行比照的。聪明的读者不难看出,三个妖怪在书籍的陶冶之下,逐渐懂得收敛,不再轻佻,学会尊重,并了解到阅读的重要性。在造访书店与图书馆的过程中,他们获得了许多的信息。世宗大王以实际行动启迪他们、点化他们。他要妖怪们帮他买书,让他们有机会见识书店里众书虫受书感化后的模样——个个明眸善目,脸上洋溢着笑容,跟世宗大王的表情一样温柔而又和善。随后,妖怪们便下定决心认真读书。所以,在书的结尾,捐出六大袋的钱协助学者盖图书馆也就理所当然了。

青少年阅读优秀读物,有助于他们在身心成长的过程中,提高自己明辨是非和洞察事物的能力。对于三位妖精而言,他们与世宗大王和学者出身不同,但他们的内心深处都有一颗向往图书,向往知识的心。所以,在这两位有学问的长者的示范下,他们很自然

책읽는도깨비

地产生了共鸣。心智和情绪得到了统一后,他们终于明白了金钱是身外之物,能舍是福并确认了解决方式,将钱全数捐给学者以兴建图书馆,行善天下,造福后人。

一本书具备了好书该有的功能和良好的欣赏层次后,便可深究其外延与内涵了。表面文字往往只表达了八分之一的意涵,其余的八分之七完全在文字底层,等待读者去挖掘、去领会,这就是海明威"冰山理论"的精髓所在,也就是说,作品的外延意义容易了解,内涵意义还有待挖掘。讨论一本书的优劣,可以先从"外延"切入,再进入"内涵"去深究。换句话说,文学作品中,文字和形象是所谓的"八分之一",而情感和思想是其余的"八分之七"。前两者是看得见摸得着的,后两者则是寓于前两者之中的抽象的东西。

依照这种说法,这本书的"外延"意义十分明显,讲的是三个由一般用具转化的妖怪如何改邪归正的经过。原本喜欢窃取金钱,苦守金钱的三个妖怪,在世宗大王的感召下,终于捐出巨款,帮助学者兴建图

书馆。下面,我们再进一步深思这本书的内涵,我们不禁恍然大悟,原来作者只是借用整篇故事告诉读者,人生在世,追逐金钱是人之常情,因为凡人都有物欲。如何提升精神层次,舍弃盲目的物欲追求,才是人之所以为人的真义。金钱并不是最重要的,知识比金钱更重要,拥有真才实学才是无价之宝,才是孩子应该终身追寻的。

　　细读全书,不得不钦佩作者的功力。他说书的能力一流,不慌不忙,节奏恰当;角色刻画得栩栩如生,虽然多是生活在另一世界的精灵妖怪,但并不令人畏惧;情节安排得合情合理,三个妖怪的转变并不突兀,读者完全可以接受。他没刻意强调多读书的好处,但小读者读完后,相信会有不少人想成为像世宗大王那样博学多才的人。深信类似《爱上读书的妖怪》这样优秀的书一定可以吸引一些小读者成为书虫。千万要记住大作家高尔基曾经说过的话:"书籍是人类进步的阶梯"。

책읽는도깨비

《爱上读书的妖怪》
教学设计

汤卫红/书童工作室

【作品赏析】

谁能想得到呢?一个被主人遗弃的柳条柜子居然能成精!同样,一把破扫帚和一个旧笔记本也成了精。当这一切都成为现实,于是一个奇妙的故事就发生了。

当柜子精和他最初的主人一样拼命敛财的时候,他的眼睛射出蓝蓝的幽幽的光。他每天抱着钱柜子入睡,因发霉的钱臭味儿而心满意足。有一天,柜子精忽然当上了大哥——扫帚精和笔记本精慕名投靠了他,柜子精终于有了伴儿。在经历了处处被追的动荡生活后,三个

妖怪准备用大把的钱在"风水宝地"上盖一所大房子安顿下来,他们使出各种鬼把戏赶走了原先在这里建筑房屋的人。直到有一天,这片土地上来了一个同样想买地的学者……

至此,故事忽然有了转折。先前妖怪们的贪婪和捣蛋实在谈不上可爱,甚至有点儿可恶。可是,面对学者提出的难题,他们却出人意料地安静下来。先是求助于放学的孩子,然后毅然向学识渊博的世宗大王的陵墓奔去。在世宗大王那里,三个妖怪嗅到了一股好闻的气味儿,一股能瞬间掩盖他们身上恶臭的香味儿——书籍的味道。第一次,妖怪们在书店里看到了熙熙攘攘的书虫——一张张洋溢着笑容,跟世宗大王一样温柔和善的脸庞;第一次,妖怪们因为书而有了自豪、兴奋的感觉——他们找到了书店,他们为世宗大王买到了书;第一次,他们那钢铁般坚硬的心开始颤抖——因为世宗大王亲手

책읽는도깨비

送给了他们一本书。

这些第一次让三个妖怪的心无比激动。

难道书比他们所拥有的钱更珍贵吗?答案是肯定的。我们可以看到,与其说他们是三个妖怪,倒不如说他们更像是三个稚气未脱的孩子,之前的一次次捣蛋多像孩子们的恶作剧。而在他们的内心深处,却从未泯灭求知向善的种子。当他们闲来无事时,笔记本精总是翻开泛黄的纸张大声朗读。虽然他只认识少得可怜的一些文字,却也以此为豪。为了能读懂世宗大王送的书,三个妖怪拼命学习,笔记本精甚至当起了两位哥哥的老师。看来,一个人只要想读书,什么时候开始都不嫌迟,好学的心是不分先后的。之前,三个妖怪使出浑身解数挣来的钱,此时此刻已经不重要了,于是他们毫不犹豫地把钱全部送给学者用来建设图书馆。书,让妖怪们的心变得宁静;书,让妖怪们明白了金钱的意义;书,让妖怪们找

国际大奖小说

到了真正的快乐。

如果连妖怪都能爱上读书,那么,我们呢?当"一起读书吧"这句话响起时,我们完全有理由相信,这并不是三个妖怪一时的冲动,而是他们发自内心的呐喊。当"一起读书吧"这句话响彻书店时,你是不是也有想跟着一起喊的冲动?最芬芳的香味儿是书香,让我们静下心来,慢慢品尝。

【话题设计】

1.爱上读书的妖怪指的是谁?如果用简单的语言描述一下,他们分别长什么样儿?

2.妖怪们是怎样爱上读书的?你觉得故事中的哪些人起到了重要的作用?

3.当妖怪们不懂"人不知古今,马牛而襟裾"这句话时,为什么不去问世宗大王而是自己去找答案?你觉得

책읽는도깨비

哪种方法更好?

4.妖怪们读书是一件容易的事吗?他们为此付出了哪些努力?

5.三个妖怪在读书前和读书后有什么变化?(提示:可从心情、行为、语言等方面进行思考)

【延伸活动】

1.绘制一张画像:柜子精、扫帚精、笔记本精,你能想象出他们读书时是什么样子吗?请选择你最喜欢的那一个,给他绘制一幅读书时的画像。

2.制作一张读书卡片:你最喜欢读哪一本书?先写出它的书名和作者,再用两三句话写出你喜欢它的原因。如果能在空白处加一点儿插图,再涂上色彩,一张精美的读书卡片就完成啦!

3.连妖怪都爱上了读书,还把所有的钱都用来盖了

国际大奖小说

图书馆,看来图书馆真是个奇妙的地方。请爸爸妈妈们有空时一定要带着孩子去图书馆或书店看看,说不定你的孩子也会爱上那里。

【亲子阅读】

1.这本书适宜采用大声朗读的亲子阅读方法,即由爸爸或妈妈每天抽一些时间,把故事的内容大声朗读给孩子听。朗读时可模仿不同人物的性格和语气,以激发孩子持久阅读和自主阅读的兴趣。

2.在孩子读书的过程中,爸爸妈妈是最好的"学者"和最好的"世宗大王"。让孩子自己选择一本喜欢的书,可以让孩子来读,也可以你们轮流读。读后可以互相交换一下读书心得,让孩子在轻松的氛围中爱上读书。